小学館文庫

新・口中医桂助事件帖

志保のバラ

和田はつ子

小学館

目次

主な登場人物

藤屋桂助……………〈いしゃ・は・くち〉を開業している口中医。先々代の将軍の落胤。

志保…………………桂助の妻。歯科技術を学ぶため渡米した桂助につきそう。

鋼次…………………元房楊枝職人。桂助とともにアメリカに渡る。

美鈴…………………大店の娘で鋼次の妻。夫婦で〈いしゃ・は・くち〉を手伝う。

藤屋長右衛門………桂助の養父。呉服問屋藤屋の主人。

お房…………………桂助の妹。太吉と夫婦になり、藤屋を継ぐ。

金五…………………鋼次の幼友達。

本橋十吾……………元仏師の入れ歯師。

富士山太郎…………海外を公演している奇術師。

大山かじ花…………通称おかじ。富士山太郎一座の座員。

江戸浪江……………座長夫人。

鎌倉りん波…………通称おりん。富士山太郎一座の座員。

クリストファー・ホプキンズ………世界文化史の研究者。日本語を話す。

第一話　望郷さくら坂

一

　穏やかな波のうねりの上を乗客を乗せた船がゆったりと進んでいる。見上げる空はどこまでも高く青い。海風が心地よく、空から注ぐ陽の光がほどよく暖かかった。

「日本ではそろそろ紅白の萩の花が咲く頃で、わたしたちが帰り着く頃には、紅葉や銀杏が色づいているのでしょうね」

　呟いたのはまとめ髪に、紅白の萩の模様が描かれた麻の単衣を身につけている志保だった。

　この客船の甲板にはテーブルと椅子が置かれている。

「そして春を待てば、〈いしゃ・は・くち〉のあるさくら坂に懐かしい桜が咲くことでしょう」

　応えた桂助は紅茶を啜り、どっしりと甘く酸味もきいたチェリーパイをフォークで口に運んだ。桂助の方はさっぱりした洋髪に上下三つ揃いのスーツ姿である。

「あちらでの桜といえば、サクランボの実をつける果樹ですものね」

　志保の言葉に、

「大人も子どもも大好きな家庭のお菓子にはなりますが、正直、時折、塩漬けにした桜の葉で巻いた桜餅が食べたくなりました」

「あら、まあ、あなたもそうだったのですね」

志保は目を丸くして、

「でも、あちらに滞在中、そんなこと、一言もおっしゃらなかったじゃないですか」

「そういう志保さんだって、ブラウン夫人のチェリーパイにいつも感嘆していましたよ」

「ええ、だって――」

言いかけた志保の言葉の先を桂助が続けた。

「せっかくのおもてなしに対して失礼ですからね、遠い故郷の味など口にできるわけもありませんし」

「その通りです。でも、そんなわたしたち二人だけでは、とてもアメリカでの暮らしも勉学も立ちゆきませんでしたわ」

志保はふうとため息をついて、船室の方をちらと見た。

そこには桂助がアメリカで特別に買い付けてきた、足踏み式の虫歯削り機が貨物ではなく、まるで人のように船室を陣取っている。

アメリカで開発された虫歯削り機は、ペダルを足で踏んで滑車を回し、その動力をベルトを通して虫歯削り機に伝え、先端のドリルを回転させて虫歯を削って治療するので、歯を抜かずに治療できる、画期的な虫歯治療の道具であった。必要は発明の母とはよく言ったもので、虫歯削り機は大きく進化していた。

アメリカでは機械を使って治療が進められていたが、日本では来日している西欧人の歯科医師たちのもとにしかない。歯科医師たちは驚くほど高い治療代をとるので、この恩恵を受けられるのは富裕層に限られていた。

そこで桂助と鋼次は最新式の虫歯削り機を日本に持ち帰り、かつて貧富の分け隔てなく、痛くない歯抜きを始めとする治療をしていたように、活用するつもりでいる。ただし最新の機械は高額であるので、盗まれたりしないよう、貨物扱いにはせず、人間並みの料金を払って船室に持ち込んだ上、旅の間、片時も目を離さぬよう、桂助と鋼次が交替で見張り続けていた。今は鋼次が番をしている。

「それにしてもあれは酷い話でしたわ」

志保はアメリカでの、自分たちを待っていた恐るべき待遇を思い出して少々身を震わせた。

歯科のある医院で働きながら研鑽を積ませてくれるという話で、アメリカ人の仲介業者に安くない金を払っていたにもかかわらず、その金は病院の事務長兼現場主任トム・ジョンソンに渡っていた。

事実上、桂助たち一行は三年契約の奴隷同然の使用人という扱いとなり、粗末な掘っ立て小屋一軒をあてがわれた。食べ物は常に残飯のパンやスープと決まっていた。桂助と鋼次には日々、医院の厖大（ぼうだい）な広さの床磨きが課せられていて、志保と我が子を背負った美鈴（みすず）は包帯洗い等の医療に関わる雑用に追われた。

くたくたに疲れきって、もはや勉学とは疎遠な暮らしぶりとなって一月後、鋼次は牛追いと乳絞りで雇われている清国（しん）人から、〝おまえらは俺たちより下の仕事をしている、俺たちは住み込みの使用人、いつでも辞められるが金で買われたおまえたちは逃げられない、少し前にそうだった黒い奴（やつ）らと同じで逃げれば殺される〟と揶揄（からか）われ、殴り合いとなった。この時、仲裁に入ったトム・ジョンソンは常日頃から待遇改善を口にする鋼次を邪魔だと感じていた。ジョンソンは傲岸（ごうがん）そのものの大きなわし鼻に皺（しわ）を寄せながら、即刻、鋼次の転売を決めた。

一方、桂助は院長夫人マリー・ブラウンの命を救っていた。夫人が重度の虫歯による親知らずの痛みと発熱に苦しんでいた時、まずは適確な診断で敗血症になりかかっているのを指摘した。そして、こちらの治療と並行して親知らずの化膿を止めた後、持参してきた痛み止めを歯茎に塗布し、まるで摘み上げるかのような絶妙な手並みで抜歯した。夫人自身も〝信じられない〟と、狐に抓まれたような顔になった。少しも痛くないだけではなく、神業の早さでもあったから――。

これがきっかけで桂助だけではなく、志保も夫人と親しくなった。夫人は日を決めて、たくさんの百合の花束を抱えて近くの炭鉱跡に通っていたが、志保もそれに同道するようになっていた。

夫人の話によれば、院長のドクター・ブラウンはゴールドラッシュの成功者である父親から、多額の資産と炭鉱を受け継いではいたが、彼が子どもだった頃、落盤事故が起きて何人もの坑夫が生き埋めになって死んでしまい、閉鎖されてしまったその炭鉱を、決して再開しようとはしなかった。死者の中には、子どもだった院長の幼馴染みで貧しさゆえに働いていた少年や、道で会うと、面白い話をして可愛がってくれた老坑夫も含まれていたからである。

事業家ではなく医者になったのも、亡くなった人たちへの慰霊の気持ちからだった。それゆえ、自分は夫に代わって花を手向けているのだと夫人は語った。経営手腕に長けた夫が、とかく冷たく気難しい性格に見えるのも、あの落盤事故で受けた心の傷から、まだ立ち直れていないからだと案じていた。そして、〝夫は裕福な人たちだけではなく、窮している人たちの命も共に救いたいと思っているのですよ〃とも言った。

そこで志保は意を決してトム・ジョンソンの不正と横暴を、夫人から院長に伝えてほしいと頼んだ。良家の出身で苦労知らずの夫人は人を信じやすく、父親の代からブラウン家に仕えているジョンソンのことも例外ではなかったので、これは一種の賭けだった。妻から話を聞いた院長は、まずはジョンソンの部下たち全員から話を聞き、その後で桂助と志保を呼んでその話に熱心に耳を傾けた。次に、その場にジョンソンを呼んで、騙し取った斡旋料の件で追及した。窮して理に合わない言い訳ばかりしていたジョンソンは、遂に桂助と志保を指さして〝嘘つき！　嘘つき奴隷！〃と叫んだ。

すると院長は静かなしかしきっぱりとした口調で、〝これは不正ではなく罪だ〃とジョンソンに向けて言い、続いて解雇を言い渡した。

そこから桂助や志保、鋼次たちにやっと光が見えてきた。ブラウン院長はすぐに抜歯に特化した科を増設した。院長は夫人からすでに〝信じられない〃驚異談を聞いていて、桂助の抜歯術に並々ならぬ興味を抱いていた。しかし、院長自ら神業のような抜歯について訊ねられた桂助は、〝神業ではありません。奥様の場合はもともと根の浅い親知らずだった上に、虫歯で溶けた部分が多かったからたやすかったのです。摘み上げるかのように抜くことができる歯は、他にそもそも根の浅い子どもの歯や、ほとんどの部分が虫歯に冒されているか、歯茎の病に罹(かか)って緩んでしまったものに限られるのです。親知らずでも生え方が普通でないものは、この国流に麻酔を使って、手術のように抜き、出血を最小限に止(とど)めるのがよろしいかと思います〟と気負った風もなく、もうその頃は流暢(りゅうちょう)になっていた英語で淡々と応えた。

　すると、即座に院長は生え方が普通の親知らずや、虫歯で痛む子どもの歯、抜くしか処置はないものの、麻酔は高くて使えない人たちのためのものを造るから、主任になってほしい、相応の賃金は保証すると頼んできた。首を横に振った桂助は、〝わたしはこの国に抜歯に来たのではありません。抜歯しなくていい治療法を学びに来たのです〟ときっぱりと言い切った。

「あなたらしいとは思いましたけど、あの時ほどはらはらしたことはありませんでした」

　その時のことを思い出した志保はふうとため息をついた。

　その後、院長は〝ならば、今ある歯科で、夜間の治療をしてはどうか？　昼間は家畜の世話や畑仕事で忙しい人たちがこの辺りは多いから、きっと喜ばれることだろう〟と別の提案を付け足した。

　その時桂助は、〝先ほどあなたのおっしゃった、ジョンソンさんの不正ではない罪に、わたしだけではなく、わたしの友達も苦しんできました。その友達にも学ばせてはいただけませんか？　友達はたいそう手先が器用ですし、努力家ですので、技と根気が要る歯の根の治療等には向いているのです。いずれ、院長もこの友達に賃金を払いたくなるはずです〟と熱く鋼次を売り込んで、結局、相手にうんと言わせてしまった。

　こうして桂助と鋼次は歯科医について、歯を抜かずに保存する方法の手ほどきを受けられるようになった。そして、半年と経たないうちに、鋼次の丁寧な治療は桂助の〝痛くない抜歯〟と並んで、〝痛くない根の治療〟と称され、日々、農作業を終えた老若男女が押しかけてきた。

　ちなみにアメリカでの歯の根の治療は、少量の亜砒酸糊剤を患部につけ、歯科用煉石灰で数日蓋をし、歯髄（歯の神経）を壊死させて取り除き、根の部分を丹念に消毒して根治法を施した後、銀アマーガム（アマルガム）を充塡して歯を保存する方法であった。亜砒酸糊剤で歯髄を壊死させる際、詰める量が多すぎると眠れぬほど痛む。少なすぎては効果がない。千差万別、個々の歯の状態を見極め、適量を詰めるのは易しいようで実は難しかったのである。

　もっとも、かざり職人でもあった鋼次に言わせれば、

〝簪（かんざし）の頭に牡丹（ぼたん）の花を十個彫らされたことがある。房楊枝（ふさようじ）作りの仕事に落ち着く前、仏具屋に頼まれ、水晶玉に経文を刻んだこともある。極めつけは米粒に仏の顔を描きもした。その彫りや描きに比べりゃ、亜砒酸の量の見極めや、切らずに歯の神経をすーっと取っちまうなんぞ、お茶の子さいさい。こっちの医者が不器用すぎるんだよぉ〟

いともたやすいものであった。

二

こうして桂助と鋼次、そして二人の助手を務めることになった志保と美鈴は、歯痛で苦しむ多くの異国の人たちを救った。

院長は、しばしばこれらの科の治療の様子を覗（のぞ）きに訪れた。日焼けして粗末な形（なり）をした患者たちを見守るドクター・ブラウンの目はことのほか優しかった。そして、いつしか硬く険しかった院長の顔に笑みが宿るようになった。〝これで父親の贖罪（しょくざい）に苦しんできた夫もやっと救われたわ、あなたたちのおかげ、ありがとう、ありがとう〟礼を言った夫人の目には喜びと感謝の入り混じった涙が溢（あふ）れていた。

自身の魂の平安を得た上に、経営者としての手腕を発揮できた院長は、桂助や鋼次たちの労に報いて見合った診療対価を支払ってくれた。こうして増え続けた賃金を合わせて、足踏み式虫歯削り機が買えるようになった頃、桂助は帰国を考えるようになった。

「あの頃のあなたの表情、複雑でしたね。特に治療が終わって患者さんにお礼を言われた時など――、抜歯ではなく、歯を残す治療を終えた時は特に――」

志保が思い出すと、

「気がついていたのですね」

桂助は照れ臭そうに笑い、

「歯を抜かずに済んだと目の前で喜んでくれている人たちの顔に、日本に残してきた人たち、むしばを病んでいて、次に痛んだり化膿したりしたら、抜くしかないと言われた人たちの顔が重なって見えたのです。何とも切なく、いてもたってもいられない気持ちになりました。でも、まさか鋼さんたちや院長まで力を貸してくれるとは――」

こみあげてくるものに言葉を失った。

「あの時、鋼次さん、〝桂さんの夢は俺たち四人の夢だ、がんばろう〟って言ってくれましたよね」

志保も目を瞬(しばたた)かせた。

桂助たちが海を渡ってきてから、足踏み式虫歯削り機はさらに改良され、たいそう高額であるにもかかわらず世界中から注文が殺到していた。院長はこれを売り出した医療機器会社の上得意でもあった。そんな院長が口をきいてくれたからこそ、待たされる時が短くなり、相当額の値引きさえしてもらえたのである。

「夫人の御厚意にも大感謝です」

桂助は英国製の瀟洒(しょうしゃ)な花柄のティーカップに目を落とした。ブラウン夫人の生家は名だたる船会社のオーナー一族であり、夫人からの餞別(せんべつ)は豪華な客船での帰国旅、大人五人分と子ども一人分であった。

夫婦二組なのに三部屋が用意されたのは、足踏み式虫歯削り機にも一室を与えるためで、夫が解雇した前事務長兼現場主任の代わりを務めるようになっていた夫人は、〝わたしも夫も長年信じてきた者に手痛く裏切られて、多少は用心深くなりました。あなた方の帰り道にどんなトム・ジョンソンが潜んでいるかしれませんからね。人任せになる貨物にはできません。念には念を入れて盗まれたりしないよう、しっかり見張ってください〟と告げた。

「さあ、そろそろ交代しないと。お佳ちゃんも鋼さんと房楊枝作りがしたいはずです」

桂助は甲板の椅子から立ち上がった。

お佳は鋼次と美鈴の一粒種でちょうど可愛い盛りであった。アメリカでは房楊枝の代わりに牛や鯨の骨を柄とし、馬、豚、羊などの獣毛を三列に植え込んだ、現代の歯ブラシに似たものが使われていたが、これが買えるのはそこそこの富裕層に限られている。たいていは口を漱ぐだけで済ます人たちが多く、これが虫歯を増やしていた。

アメリカ滞在中、鋼次はお佳にせがまれて、遊びで房楊枝を作っていただけだったが、治療に訪れた歯草（歯周病）患者を見かねて使用を薦めるようになった。そして、ブラウン院長の知人の一人で世界文化史の教授が、太古から使われてきた、口中清掃に効能のある優れものであると言って、慈善パーティーで房楊枝を紹介したことがきっかけとなり、評判を呼んだ。そんなわけで、鋼次が分け与える患者たちだけではなく、富裕層までもが関心を寄せはじめた。房楊枝で長年の歯茎の痛みや臭みがなくなるのなら、対価は幾らでも払うという注文がぼつぼつと入ってきていた頃、注文してあった足踏み式虫歯削り機の納入日が決まった。帰国の目途がついたのである。

この時鋼次は、

〝こっちの水にすっかり気持ちよく染まっちまった美鈴ときたら、ああ、残念なんて言いやがるが、俺たちは桂さんと一緒に夢を叶えねえとな。それでも、院長には恩義があるから、誰かに教えて帰るようにって頼まれたら断れねえ。そいで、見習い相手にやってみたけど、てんで駄目なんだよね、これが。がつん、がつんとやたら叩くだけなんだから。奴ら、手先が優しくねえんだよ。そんなわけで、木槌で丁寧に叩いて房を作らせるのは諦めた。代わりに木の台に針を植えるように敷き詰めて、その間に楊枝用の棒先を通して房を作る、房楊枝作り器の作り方だけは教えたよ。でも、奴らときたら、針の先を丸くすれば、犬とか馬の毛の手入れにいいかもなんて言ってやがったから、どうなるのかねえ。歯草持ちに金持ちも貧乏人もねえんだから、俺たちがいなくなっちまった後、とっておきの治療道具がねえのは気の毒だよなあ〟

少々揶揄混じりにしきりに嘆いた。

こうしてまた、船上の鋼次にとって房楊枝作りはお佳との遊びに戻った。愛くるしい顔立ちや明るい気性は母親の美鈴に似、手の器用さは鋼次の血を受け継いだお佳は、まだ幼いのに、巧みに木槌を使いこなして、棒先にしっとりと滑らかな房を作り出すことに長けている。鋼次がそんな愛娘を見守る目は、〝あたぼうよ、俺の娘なんだからさ〟と自慢げでもあり、その表情はとろけるように甘かった。

〝ったく、お佳はあんたのチョコレートか、キャンディなんだから〟

しばしば呆れ返る美鈴は、異国の乳脂肪たっぷりの甘い菓子に、娘と共にすっかり魅せられてしまっていた。

この夜も美鈴はお佳と揃いの濃桃色のドレス姿で夕食の席についていた。船内の食堂は昼でも薄暗い。夕刻ともなれば猶更で早くからキャンドルが点されていたが、それでもそう明るくはなかった。

大きな長四角のテーブルには件の機械の見張りをしている鋼次を除く一等船室の乗客たちが座っている。すでに桂助たちは他の乗客たちとも挨拶を交わしあっていた。目立って華やかで圧倒されるのは富士山太郎一座であった。

目鼻立ちのはっきりした美鈴とお佳は洋装がよく映えてはいたが、富士山太郎一座にはとても敵わない。

富士山太郎一座といえば外遊に慣れた有名一座であった。富士山太郎は紙で作った蝶を扇子で扇いでは、自由に飛ばせて舞い遊ばせる奇術〝胡蝶の空〟を得意としている。これをアメリカのサーカス曲芸師に認められた富士山太郎は、誘われて一座を率いて渡米、アメリカ各地で絶賛されただけでなく、パリ万博の大舞台を踏んだ後、ヨーロッパ各国をまわって一大ジャパニーズ・アクロバット・ブームを巻き起こしていた。

桂助たちがブラウン夫人の厚意に甘えて乗船しているのとは異なり、一座は自前で豪華旅ができるほど稼ぎまくっていたのである。

一座は粋な燕尾服を着込んだ小男の座長富士山太郎の他に、三人の女たちであった。座長とほぼ同じ奇術を披露できる手妻師の大山かじ花ことおかじは、富士山の向かい側にでんと座っている。四十歳をとうに過ぎていて、着ている真っ赤なドレスと煌めく大粒のダイヤモンドの光が、厚化粧の顔を何とか引き立てていた。

富士山の隣に居るのは三十歳になるか、ならないかの年齢の座長夫人江戸浪江であった。整った美しい顔立ちをしていて、純白のドレスもよく似合ってはいたが、始終目をぱちぱちさせる様子が何とも不安そうに見えた。

もう一人は一番若い座員の鎌倉りん波ことおりんで、化粧気のない素顔が黒いドレスと相俟って初々しく新鮮だった。富士山の好色な視線が時折、ちらちらとおりんの方へと注がれている。

同じテーブルについている乗客は他に二人。二人のうち一人は鋼次の房楊枝を広めようとしてくれた、ブラウン院長の知人で世界文化史を専門に研究している、白髪頭の好々爺クリストファー・ホプキンズ博士であった。縁づいた女性が歯を黒く染めるお歯黒や木床義歯等、日本ならではの歯科文化に興味を抱いての渡日であった。博士は仕事柄、数え切れないほど多数の言語を操ることができる。日本語もその一つで相手が日本人だとわかると、日本語だけで通している。

　残りの一人は桂助や鋼次より、二つ、三つは年下と思われる若い男で、富士山太郎ほどではないが整った身形で知的な目をしている。寡黙な性分なのだろう、山本竜吉と名乗った時、声を聞いただけで、後はほとんど誰とも話をしていない。

　その日の夕食は以下のようであった。

・レンズ豆のスープ
・魚料理　茹で鱈のクリームソース掛け
・肉料理　ハムステーキ、フライドポテト、コーンマッシュ（マッシュポテト）、ベイクド・ビーンズ（インゲン豆を甘辛いソースで調理した料理）、インディアン・プディング（トウモロコシの粉で焼いたケーキ）添え
・デザート　アップルパイ、チョコレートケーキ
・コーヒー

給仕係がカリフォルニアワインのサービスを始めた。父親がゴールドラッシュを契

機に成功したブラウン家では、ワイン用のブドウ畑を所有している。桂助たちは晩餐に招かれるたびに、院長がワイナリーから選んで勧めてくれる、フルーティーな香りのカリフォルニアワインを飲み慣れていた。

三

「さて皆さん、今日のお味はいかがです？」

クリストファー・ホプキンズ博士はここで食卓を囲むようになってからというもの、朝食と昼食では日本人に倣って黙々と食べて客室にもどるが、晩餐の時には食文化についての知識を披露していた。独特な知識や話術で、とかく沈みがちなこの場を和ませるのが自分の役割だと思っているようだった。

「アメリカじゃあ、たいした御馳走なんだろうけど、こう毎日、肉料理がハムステーキじゃ、飽きてきたわね」

おかじは運ばれてきているハムステーキの皿に手をつけていない。今のところ、スプーンで口に運んだのはレンズ豆のスープだけだった。

「ああ、美味なソースが決め手のあのフランス料理がなつかしいったらない」

吐き出すように言い添えた。

「あたしはフレンチフライ（フライドポテト）に目がないんですよ。こんな旨いものがあるとわかって、つくづく海を渡ってよかったと思いました。昨日出たベイクドポテトも、一昨日の揚げていないジャガイモも悪くありません。ようはアメリカで味わったジャガイモ料理が好きなんです」

ホプキンズ博士がアメリカ人と知っているゆえか、座長の富士山太郎はおかじの感想をやんわりと棚に上げるべく、如才なく微笑んだ。

「わたくしは毎回、デザートが楽しみです」

座長夫人の浪江も夫に倣って笑みを浮かべた。ただし、興行師の夫ほど世慣れていないせいで、不自然な作り笑いではあったが。

「わたしたちもです。ねえ、お佳」

美鈴が同調すると、相づちを求められたお佳はこくりと頷いて、

「甘いお菓子大好き」

無邪気な物言いで応えた。

するとおりんが、

「あらあら、わたしが言おうとした感想を先取りされてしまったわ。そもそもわたし

はお菓子が大好きですし、いいですよね、幾らでもサービスしてくれるここのデザート、あ、でも甘くないインディアンプディングはちょっと苦手――」

　屈託のない笑いを博士とお佳に向けた。

「インディアンプディング、あたしも嫌いっ」

　お佳の正直な言葉を受けて、

「大丈夫、大丈夫、インディアンプディングはお菓子じゃないから」

　ホプキンズ博士はお佳に言い聞かせた後、アメリカ菓子について以下のように語った。

「我が国アメリカへ一番乗りした人々はメイフラワー号という船で欧州から渡ってきた清教徒たちで、多くはイギリス人でした。わたしの先祖もそんな一人です。そのせいで、アメリカの料理やお菓子はイギリスの影響を受けて進化してきました。イギリス料理は手間をかけずに素材で勝負するので、素材の質や鮮度が劣ると、不味いと言われてしまいます。これに倣ったアメリカ料理も同様です。最高の食材をもとめられる余裕のある家は、イギリスでもアメリカでも限られていますので、結果、そこそこの食材をソースで美味しく変身させる、工夫され尽くしたフランス料理に敵わないことになります。話をさっきのご婦人のご不満に戻します。ここは海を行く船の上、船賃が高いこの船では、シェフが上質の素材を積み込んではいるはずです。しかし、なにぶん、長い船旅です。とても陸の上のような鮮度は保てませんので、ご不満はおありでしょうがお許し願えませんか？　シェフに代わってこの通り」

博士はおかじを見つめて軽く頭を下げた。ふんと鼻を鳴らしたおかじは博士の方はちらとも見ずに、グラスのワインをぐいと一気飲みした。この非礼さに富士山太郎は苦々しく笑い、他の人たちは一瞬息を止めて先行きを見守った。

「わたしは大学で教えていますが、中にはどんな大事な話にも、全く聞く耳を持たずに眠りこけ、無意味な時を過ごす学生もいるものです」

博士は真顔で言い切った後、何事もなかったかのように先を続けた。

「イギリスやアメリカのお菓子が、料理と異なる点はバター、ミルク、小麦粉、ジャムやコンポート（煮た果実）といった素材が日持ちすることです。必要不可欠な卵にしても魚や肉ほど傷みやすくはありません。その恩恵もあって、一日二食だった頃の習慣の名残であるイギリスのティータイム菓子の中には、フランス菓子と肩を並べられるほど繊細で美味なものがあります。イギリスの伝統的なクリスマスのデザートで、ドライフルーツたっぷりの濃厚なケーキ、何日もかかって手間ひまかけて仕上げるクリスマスプディングがその代表格です。ただし、アメリカではこの伝統の味は受け継がれませんでした。それはなぜか？　西部開拓時代を引き合いに出すまでもなく、移民たちは男も女も子どもまで、誰もが身体を張って忙しく生き抜いて、今日に至ったからだとわたしは考えています。朝から晩まで働き続けて疲れた身体には、深みのある繊細な味わいよりも、甘味で疲れが癒されたと感じる甘い、甘いお菓子が必要だったのでしょう。ですので甘くないインディアンプディングはお菓子ではなく、ブレッド（パン）の仲間だとわたしは思います。ちなみにここにアメリカでクリスマスを過ごされた方がおいででしたら、何かお気づきのことはありませんか？」

　ここで博士はこの日、桔梗の裾模様に合わせて濃紫の帯を締めていた志保の方を見た。鋼次たちの家と隣り合ってはいたが、二軒の食事は志保が一手に引き受けていた。夕食に招かれたことのある博士は、志保が慣れないアメリカでの暮らしの中で、滋養に富むだけでなく、身体にいいものを食べさせようと、日々腐心してきたことを知っていた。

「あちらのご家庭のクリスマスではケーキは供されませんでした。クッキーやキャンディ、ヌガー、ガム等の他に珍しいベルギー製のチョコレートまで、山のように積まれていました。それでわたしは、コンポートを使って一年中作られるパイや、チョコレートやバター、カスタードや生クリームがふんだんに使われるケーキの類は、普段用のお菓子だとばかり思っていました。今、先生からお話を伺って、これはアメリカという国の歴史と関わってのことだったのだとわかりました。大変勉強になりました」

志保らしい慎ましい物言いで応えた。

「つまらない話はもういいわよ。それにね、ここで先生はあたしだけなんだから――」

したたか酔ってきているおかじが、呟きにしては大きすぎる声を上げた、次の瞬間のことであった。おかじの右手からワイングラスが滑り落ちて、床の上で砕け散る音がした。ほんの一時、皆はおかじが苛立ちのあまり、ワイングラスを床に投げつけたと錯覚した。

しかし、ほとんど同時におかじの身体がずるずると椅子から床に向かって下がった。

「大変です」

最初に駆け寄ったのは桂助だった。間髪を容れず志保も立ち上がった。

二人は床に横たわっているおかじの横に腰を落とし、桂助は素早く首に手を当てた後、見開いたままの両目を確認した。

「亡くなっています」

桂助はおかじの死亡を告げた。

「心の臓の病でも患っていたのかね」

富士山は、これはめんどうなことになったという困惑顔をした。

「おかじさんはいい年齢でしたから、そうかもしれないわね」

富士山の妻の浪江が同調した。

「おかじさんと同じ部屋の方は？」

桂助は夕食が始まる前、おかじの両手を、〝なんであんたなんかとわたしが一緒の部屋なのよぉ〟と叱りつけられながら、謝りの言葉を口にしつつも熱心に拭いていたおりんに訊いた。

「はい、一緒でした。おりんは座員とは名ばかりでおかじの小間使いのように見えた。先生の方はわたしなんかと一緒ではお嫌のようでしたが――」

おりんは救いをもとめるかのように富士山の方を見た。

「この船賃は高いですからね」

富士山は開き直った物言いで先を続けた。

「いくらわたしと同じ〝胡蝶の空〟の芸ができると言っても、おかじもあの年齢じゃ、若かった頃のような扱いはできませんよ。男は年齢を経て芸が貫禄と円熟の域に達しますが、女は若くて可愛い、綺麗が一番の武器で人気につながるんですから。娘義太夫(だゆう)なんかもそうでしょ？　そのあたりをおかじにもわかってほしくてね。それさえわきまえて、筋のいいおりんを引き立てて仕込んでくれてりゃ、海を渡って一緒に苦労してきた仲だし、これからも息長くやっていきたいと思ってましたが、なかなかむずかしくてねえ——。こんなことになっちゃって、女一人、芸を頼りにここまで生きてきて、身寄りはいないし、何とも可哀相(かわいそう)だよねえ」

　富士山は真に迫った泣き声を作って見せたが、その目は冷たくおかじの骸(むくろ)を見下ろしていた。

「あなたが一番の身寄りでしょうが」

　隣の浪江が堪(こら)え切れずに低く呟いたが、富士山は聞こえないふりで、

「おかじ、頑張ったねえ、よく生きたよ。きっと極楽へ行けるさ」

　ずるずると大袈裟(おおげさ)に洟(はな)を啜(すす)った。

　この後、おかじの骸は空き部屋へと運ばれて行った。その際、船長が桂助に近づいてきて、

「ちょっと」

　甲板へと誘うと、

「何か、異変が起きた時はこうするようにと、マリー・ブラウン様よりこれを預かっ

ています」
二通の封筒を差し出した。
それは一通は桂助宛てで、以下のように書かれていた。

あなたには尋ねなかったけれど、鋼次さんや志保さんから、あなたには身辺で起きた事件を解決する、素晴らしい力があると聞いています。船中で何か起きたら、是非ともあなたが先頭に立って解決してください。このことは父にも話してあります。わたしも父も、実はエドガー・アラン・ポーに魅せられているのです。不遇のうちに亡くなったエドガー・アラン・ポーは、アメリカが生んだ最高の作家です。〝モルグ街の殺人〟は今のところ、世界で一番優れた推理小説です。それもあって、是非とも、推理に長けたあなたにもしもの時のことをお願いしたいのです。

推理小説好きのマリーより

桂助様

もう一通の船長宛てには船中で事件が起きた場合、日本人の桂助に助言を受けながら、船長が指揮を執り、他の乗客たちが不安に陥らないよう、一刻も早く事件を解決するようにと書かれている。マリーのものと並んで丁寧に船主である父親のサインも記されていた。

四

「わかりました、恩人たちの頼みとあっては断れません。どうか、よろしくお願いいたします」

　桂助は見下ろしている船長に向かって深々と頭を下げた。

「どうして死んだかなんてわかるものかね？」

　年配のやや太り気味の船長は胡散臭そうに桂助を見ている。

「皆さんの前では申し上げませんでしたが、首筋に針の穴のようなものがありました。これはただの虫刺されか何かで、病で亡くなった可能性は皆無ではありません。けれども、そうではない可能性もあります。ですので、もう少し、状況を調べなければ何とも断定できません」

「まさか、乗客の誰かに殺されたとでも？」

　目を剝いた船長に、

「それもこれから調べてみなければわかりません」

桂助がきっぱりと言い切った時、

「あなた、大変、今、食堂で美鈴さんの具合が急に悪くなって——」

志保が甲板へと駆け上がってきた。

「わかった」

桂助がすぐに食堂へと走ると、

「鋼さんに美鈴さんのことを報せなければ——。しばらくわたしがあれを守っています」

志保は最新の足踏式虫歯削り機が置かれている部屋へと向かった。


「美鈴ぅ」

顔色を変えた鋼次が食堂に走り込んできた。美鈴もおかじ同様、椅子から崩れ落ち、床に倒れていた。両目が閉じられ、すでに意識がないように見えた。

「どうしたんだよ？」

鋼次は呆然としている。

「マミー、マミー」

屈みこんだお佳が泣きそうな顔で、美鈴の身体を揺さぶろうとするのを、

「大丈夫、マミーは大丈夫だからね」

鋼次はお佳を抱き寄せ、押し殺したような声で諭した。心の臓の発作や卒中の場合、身体を揺さぶったり、動かしたりするのは厳禁であった。このことを桂助と共に医療に関わってきた鋼次は知っていた。

桂助は美鈴の首と額に触れて、

「よかった、息はある。だがひどい熱だ」

桂助は鋼次を振り返った。

「わかった」

鋼次がお佳からそっと離れようとすると、

「こっちへいらっしゃい」

おりんが進み出てお佳を抱きしめようとして、ちょうど椅子の高さほどの背丈のお佳のそばに屈みこむと、

「きゃあ」

急に悲鳴を上げた。

「どうされましたか？」

　ホプキンズ博士が問い掛けると、

「あ、あ、あ」

　おりんは美鈴が座っていた椅子を指さした。

　そこには海老によく似た赤黒い虫のようなものが蠢いていた。

「おおっ」

　ホプキンズ博士の声が緊迫した。

「これは蠍という名の生きものです。強い毒があるものがほとんどです。中には一刺しでわたしたちの命を奪うものもあります。皆さん、とにかく動かないで」

　この言葉に一同の顔が恐怖で凍り付いた。

「アメリカじゃ、これで死ぬ奴が多いって、話には聞いてたが見るのは初めてだ」

　洩らした富士山の声が震えている。

「まさか、この方、蠍に刺されたんでは？」

　浪江がふと洩らして倒れている美鈴の方を見た。

「畜生、この野郎、よくも」

　突然、鋼次がテーブルの上の砂糖壺を椅子の上の蠍めがけて投げつけた。間一髪攻撃が逸れて蠍はテーブルの下に落ちた。

「きゃああっ」

浪江が叫び、

「下手くそめ、俺たちを殺す気か」

富士山が悪態をついた。

すると突然、山本竜吉が声を上げた。

「わたしに任せてください」

一度食堂を出て行くとすぐに戻ってきて、厨房で調達してきたと思われるのし棒を手にして、素早くテーブルの下にもぐると、どしんという音を立てて、力一杯蠍に向けて振り下ろした。

「退治できたと思います」

山本の言葉に一同は恐る恐るテーブルの下を見た。のし棒の一撃で息の根を止められてぺしゃんこになった蠍は、足だけになったかのように見える。

「とにかく、鋼さん、落ち着いて。美鈴さんは大丈夫だ。そこの灯りで照らして手伝ってくれ」

桂助のこの言葉に大きく深呼吸をした鋼次は、

「わかった」

そばにあったランプを指示通りに動かした。

胸部や腹部を触診した後、桂助は美鈴の口を開いて口中を診ていく。

「これは蠍の毒によるものではありません」

桂助は首を横に振って、

「これはおそらく、かなり重い疱疹です。疱疹には軽いものから重いものまでさまざまで、こうして高い熱が出るようなものは重症です。疱疹が出るのは腹部や首、顔等が多いとされていますが、全身どこにでも発症します。口中にも。どこに出ても共通して言えることは、重症の疱疹は身体が弱り過ぎた証です。まずは熱を下げて、ゆっくりと休むことが大事です」

淡々と美鈴の病状を説明した。

「伝染らんだろうな」

富士山がぎょろりと大きな目を剝いた。

「この病は伝染りませんが、身体が弱れば誰でも罹りかねないものです。皆さん、長旅で疲れが出ていることと思いますので、どうか、ゆっくり身体を休めてください」

桂助のこの言葉に、

「それは困る。調べをしてもらわないと」

ずっと事態を見守っていた船長が初めて口を開いた。

「調べって、おかじの死んだことかい？」

富士山が船長を睨んだ。

「もちろん」

船長も相手を見据えた。

「まさか、調べられるのは俺たちってことじゃあ、ないだろうな？」

「そうに決まっているだろう」

船長が苦虫を潰したような面持ちで言うと、

「少しお話を聞かせていただくだけです。ですが、皆さん、今夜は部屋にお引き取りになってお休みいただき、明日の朝、お声をおかけしたら、わたしのところまでいらしてください」

桂助は乗客たちに部屋に戻るように言い、

「すみません。調べは病人の病状が落ち着いてからにしてください。今夜はわたしが診ていたい」

と続けた。

「子ども連れの病人とあっては部屋は広い方がいいだろう」

船長のはからいで鋼次たちは広い部屋へと移ることになり、鋼次が美鈴を抱き、桂助がお佳を抱いて、広い部屋へ入った。

「鋼さんはお佳ちゃんを寝かしつけてあげてください」

父親と一緒のお佳が涙の乾かない顔でやっと寝付くと、

「桂さん、志保さんと見張りを替わるから美鈴とお佳を頼む」

鋼次は機械の番を替わるために部屋を出て行った。

この部屋にはすでに桂助の部屋から診療鞄が届けられていて、常備している麻黄や桂皮、杏仁、甘草を含む麻黄湯が、意識を取り戻した美鈴のために煎じられている。

これを飲んだ美鈴はうっすらと目を開いて、桂助とお佳がそばにいるとわかると、ほんの一瞬、微笑みかけて、また眠ってしまった。

「美鈴さん、いかがですか？」

鋼次に見張りを託して志保が戻ってきた。美鈴は時折、

「海老のお化けが、お化けが――」

などと呟いてうなされている。

「今夜がヤマです。明け方には熱が下がってもらいたいものです。美鈴さんが咳をしていなかったのが救いです。重い疱瘡の引き金が流行風邪だったりすると、肺の臓が

冒されて心の臓が持たないこともありますから」

「何としても良くなってほしいわ」

美鈴の額は当初、燃えるように熱かった。身体は温めても、頭は冷やさねばならない。額の上のタオルはすぐに温まってしまう。それで始終タオルを替えたり、時を置いて美鈴を起こし、麻黄湯を飲ませなければならなかった。そのために桂助と志保は交替で眠って看病し続けた。

そして丸窓から陽の光が差し込み始めた頃、美鈴が目を開いた。熱っぽい潤みきった目ではなく、熱が引いた証の常に近いすっきりとした眼差(まなざ)しで、

「い、痛いわ」

疱疹が固まって出ている右頬を手で押さえて眉を寄せた。

「いったい、わたし、どうしてたのかしら？　床に真っ赤な服の女の人がいて、海老のお化けを見たような気がするけど——」

自分が倒れる前後のことを正確には覚えていない美鈴に、桂助はおかじの死や蠍の出現は伝えなかった。

「やや重めですが疱疹です。昨日は朝からもうかなり痛かったのでは？　治るまで、わりに長くかかる病ですので、ここしばらくは痛むと思います。朝食の後、痛み止め

を飲んでください。それで痛みを忘れて眠ってください」

五

船長と記録を取る係も同席することとなり、おかじの死に関して、乗客たちを呼び出して話を訊く場所は食堂に決まった。朝食は食堂では供されず各々の部屋へと運ばれた。

朝食は、薄くスライスしてトーストされたパンにジャムやバターを付けたり、ベーコンや卵料理等が添えられる。飲み物はコーヒーか、紅茶である。これらは他国では庶民が食することのできない贅沢(ぜいたく)なものであった。トーストの代わりにスコーンやマフィンが焼かれることもあり、さしものあのおかじも文句を言ったことがなかった。

志保が機械のある部屋の前でトントンと扉を叩いて、

「お佳ちゃんと一緒に朝ご飯をどうぞ、しばらくわたしが見ていますから」

見張り番を買って出ると、

「俺はいいよ。マリーさんに頼まれた桂さんの役目が終わるまで俺はここにいる。お佳は志保さんとなら喜んできっと食も進むさ。俺の分はここへ運んできてくれ」

鋼次は見張りを続けたいと言い張った。

「わかりました」

志保は鋼次に朝食を運んだあと、厨房に頼んであったホットミルクを、美鈴のもとに運んだ。

「美鈴さん、お薬の時間よ、これの後に薬を飲んで」

しかし、美鈴はほんのひと啜りしただけで、

「乳の匂いが嫌だわ」

カップを押しやり、

「痛いのも嫌だから」

不承不承痛み止めの薬だけは飲んだ。

この時、志保はああここで白粥(しらかゆ)を拵(こしら)えることができたらとしみじみ思った。土鍋で炊いた優しい塩味の白粥なら、たとえ加減の悪い時でも、蓮華(れんげ)を使って美味しく食べられて力がつく。

桂助は船長と記録を取る若い船員と共に、食堂のテーブルに着いた。

「呼び出しは一番若いおりんさんからだな。わしは富士山太郎一座は嘆かわしいこと

に相当男女関係が乱れていたと思う。とかく、男と女のもつれは大事になるものだ。おかじさんの傍にいたおりんさんなら、何か聞いているか気がついていたに違いない。ここへ呼んでくるように」

「はいっ」

船長に言われ、呼び出し係も兼ねている若い船員がおりんを呼びに行った。化粧気がなくても素顔に輝きのあるおりんだったが、そんな常の時よりは、やや憔悴しているように見えた。

「眠れなかったようですね」

桂助は気がついた。

「そうなんです」

頷いたおりんは、

「わたし、おかじ姐さんにいつも叱られてばかりだったんで、いなくなったら、どんなにかすっきりするだろうって思うこともありました。特に船旅では部屋で顔と顔を突き合わすんで、悪くないのに怒鳴られて、ビールや化粧品の空瓶とか、やたらいろいろ投げられたりもしてました。人前では姐さんではなく先生って呼ぶようにも言われていて——。でも、いざ姐さんがもう絶対に帰ってこないってことになると、どういうわけか、落ち着かなくて寂しくて――」

目頭を濡らした。

「ふーむ、常からおかじなどいなければいいと思っていたわけだな」

船長の大きな目が光った。

「でも、亡くなってしまうと、落ち着かなくて寂しくなったのですよね。わかるような気がします。本当はおかじさんを嫌いではなかったのでしょう？」

桂助が訊いた。

「そうなんです。そもそも、わたしは女だてらに座長と同じ芸ができる姐さんに憧れて、一座に加えて貰ったんですから。尊敬してました。それに一座の中で姐さんは気の毒なことになってました。あれほどもてはやされて、一座のためになったというのに、座長と夫婦になれなかったんですから」

「なんと、おかじさんと座長は夫婦同然だったことがあるのだな」

船長は好奇の目色を隠さなかった。

「ええ。姐さんの言葉の端々や座長への拗ねた様子でぴんときました。でも座長の心は浪江さんに移ってしまって、結局、座長は浪江さんと夫婦になったんです。それなのに一緒に仕事を続けてるの、姐さん、さぞかし辛かったろうと思います。だからわたしに荒んだ心をぶつけてたんだと――」

　普段は志保同様、木綿の着物姿のおりんは、胸元からハンカチを取り出して両目に当てた。

「それにこれ、さっき部屋で見つけました」

　おりんは片袖から布製のケースと同様の矩形の小箱を取り出して、蓋を開け、中に入っている真珠の首飾りと大粒のダイヤモンドのリングを見せた。

「わたし、この真珠、浪江さんが着けてるの、見たことがあるんです。どうして姐さんのところにあったのか――」

「もう、戻っていい」

　おりんを見送った船長は、

「自負の塊のようなあのおかじさんが浪江さんに高価な宝石をねだっていたとはな。恨みも骨髄に徹すると強請になるものか――、はたまた、年齢をとって、以前ほど稼げなくなっていたおかじさんは行く末のことを考えていたのか――、ともあれ、これで浪江さんには動機があるとわかった。女とはむずかしい生きものだ」

　浪江を呼ぶことを決めた。

　入ってきた浪江は入り口で一度よろけた。

「大丈夫ですか？」

桂助が駆け寄ると、

「おかじさんの死に顔がちらついて、怖くて、怖くて、昨夜は一睡もできなくて――」

浪江はまじまじと桂助を見て、

「ありがとう、親切にしてくださってうれしいわ」

しっかりと化粧が施された顔を綻ばせた。

「これに見覚えはないか？」

船長がおりんが見つけた宝石を突き付けると、

「わたしのものです」

浪江はすぐに認めた。

「以前、富士山に買ってもらったものです。おかじさんから欲しいと言われていました」

「欲しいと言われて渡すには理由があったはずだ」

船長が追及すると、

「富士山はもう、このわたしにも飽きていました。富士山は若い女が好きなのです。

若くて役に立つとなれば猶更です。わたしの前はおかじさんで、今はおりんさんに目を付けています。今でも富士山を想(おも)っていたおかじさんにはどんなにか辛いことだったでしょう。でも、その分、わたしへの嫉妬は薄らいでいたはずです。富士山の気持ちがまだ、わたしにある間はわたしを殺したいほど憎かったでしょうが、今、お話ししたように、事情が変わって、わたしが富士山から贈られた宝石を欲しいと言われていました。富士山と一座のために必死に働いてきて、自分が貰っていい富士山からの贈り物を、わたしが持っているのは理に適(かな)わないというのでしょうか?」

浪江はすらすらと応えた。

「どうせ、おまえはおかじさんに強請(ゆす)られて殺したんだろう、どんな女も恐いものだ」

船長は決めつけたが、

「わたしはおかじさんをそれほど知りませんが、理よりも情で動く人のように見えました。富士山さん一筋のおかじさんは、以前とは別の理由であなたに腹を立てていたのではありませんか?」

桂助は浪江をじっと見つめた。

するとと浪江は、

「たとえば、あなたも夫の富士山さん同様のことをしていたとか――。それならおかじさんが怒って当然です。それであなたはおかじさんの死に顔を恐れるのでは？　今、ここで認めておかないと一生、おかじさんの幻影にとり憑かれることになりますよ」

　桂助はずばりと指摘した。

「そんなこと、そんなこと」

　浪江は繰り返してぶるぶると震え始めた。

「わ、わかったら、わ、わたしは、ふ、富士山にこ、殺されてしまいます」

　苦しみに喘ぐように言った。

「富士山さんには言いません、約束します」

　桂助に誘導され、

「本当に言わないでくださいね」

　浪江は両手を合わせてから、

「幼い頃から綺麗だともてはやされてきて、自分は器量で生きられると思っていました。家が貧しかったわたしは、金持ちと一緒になって贅沢な暮らしをするのが夢でし

「そんなこと――」

　しばし目を泳がせた。

た。富士山と夫婦になったのも富士山が金持ちだったからです。好きだったわけではありません。ですので、富士山に飽きられたとわかった時も、おかじさんのような修羅場にはなりませんでした。ああ、これで富士山一人に縛られず、好みの男たちと遊ぶことができると思ったからです。アメリカや欧州には見た目がよくて、楽しくて、遊び上手な若い男たちが有り余っていて、おかげで楽しい一時を重ねてきました」

一気に話した後、

「自分と同類なのですから、富士山も見て見ないふりをしてほしいところなのです。けれども富士山は、このわたしを大枚をはたいて手に入れた書画骨董(こっとう)のように考えているようで、このことが知れたら、無一文で叩き出されてしまいます。わたしにとって殺されるとは、金蔓(かねづる)と富に守られた暮らしを失うことなのです。これ、いけないことでしょうか？」

涼しい切れ長の目で妖(あや)しく微笑んだ。

「何という悪女――」

船長は低く相手に聞こえないように呟いたが、

「その手のことは、いいとかいけないとかいう問題とは別のような気がします」

桂助はさらりと応え、

「もう、いいでしょ。そろそろ失礼します。お願いです、夫には絶対言わないでください、約束ですよ」

浪江は立ち上がりながら、

「それからわたし、おかじさんを手に掛けてなぞおりません。富士山を好きになったことがない分、当人にも宝石にもそれほど執着がありませんので。これからも、生まれついたいい器量で楽しく遊び続けたいと思っているだけ。人を殺して死罪になるなんて、馬鹿げてますからね」

桂助に向けて妖しい目線をちらちらと流し続けた。

六

三人目は富士山太郎だった。

紫の地に濃桃色の水玉を散らした裃(かみしも)に似た衣装をつけた富士山太郎が入ってきた。

「秋風が心地よい時季になりましたぁ、富士山太郎でございますぅ、お世話様でございますぅ」

舞台挨拶のような節(ふし)をつけた口調で、満面に笑みを湛(たた)えている。

「ここは一つ、長蛇の列に並んでもなかなか見ることのできない、あたしのお宝の胡蝶をお見せいたしやしょうぅ」

そう告げて富士山は胸の前で両手を交差させ、ぱっと放した。その刹那、すでに牡丹と菊の絵柄の典雅な扇子を手にしていて、右手に持つ扇子の近くを白い蝶が飛んでいた。蝶はひらひらと心地よさげに飛んでいる。扇子の扇ぎの強弱で蝶の飛び方が変わる。止まったり、廻ったり、漂うように飛ぶ。

「蝶でございますから花に止まって蜜を吸いたかろうと思いやす」

白い蝶は左手に持っている赤い牡丹に止まって羽を縦に畳んだ。

「素晴らしい」

思わず手を止めた書記係の若い船員を、

「気を抜くなっ」

船長は一喝したが、その目はとろんとしていてうっとり見惚れている。実を言うと船長は乗船した富士山太郎に、

「船の長旅は退屈なもの、小さな舞台でもあると晩餐が豪華になりますな」

などと、暗に芸の披露を促したことがあった。

もっとも富士山の方は、

「芸人の芸は売り物、銭を払って本物の舞台を見にきていただきたい」

真顔で切り返していたが——。

「人に男女があるように蝶にも雄雌があるものぉ、さてさて、この蝶は雄でしょうかぁ、それとも雌？　ちょいと蝶に訊いてみましょうかぁ」

富士山がそう呟いたとたん、左手に持っていた菊が描かれている扇子から、朱色の蝶が飛び出した。白い蝶の後を追いかけるかのように飛んでいる。

「どうやら、紅いこいつは雄のようでございますぅ」

紅い蝶は白い蝶に追いつくかのようになりながらも、追いつくことができない。その様子は優雅にして妖しかった。

「まあまあ、最後は蝶の乱舞といきましょうかぁ」

そう告げたとたん、扇子が富士山の両脇に伏せられて、紅白の蝶が消え、無数の白く小さな蝶が霙のように天井から降った。おそらく錯覚ではあろうが、桂助や船長たちにはそう見えた。

次にはもう、富士山の手に扇子はなく、蝶の姿も消えていて、

「ご高覧、ありがとうございました」

深々と頭が下げられた。

「ブラボー、ブラボー　素晴らしい」

船長は立ち上がって手を打ち、若い船員もそれに倣った。

「それでは失礼」

部屋へ戻ろうとする富士山を、

「待ってください、お訊ねしたいことがあります」

腰掛けている桂助が止めた。

「おやおや、これはまた無粋な——」

振り返った富士山は露骨に嫌な顔をした。

「第一、俺はまだまだ役に立つおかじを殺しちゃいねえ。話すことなんてねえよ」

「船主に頼まれて、あの場に居た皆さん全員に訊かなければなりませんので。どうかよろしくお願いします」

立ち上がった桂助は頭を下げた。

「あんた、江戸っ子じゃぁないね、田舎者だろう」

富士山は文句を言いながら、不承不承椅子に腰を下ろした。

「これだけ素晴らしい舞台を見せてくださるあなたは、見る力に優れた方だと思います。ですので、あの時、食卓で皆さんがどういう動きをしていたのかも、見るとはなく見てしまっていたはずです。それを一つ、思い出していただけませんか？」

「へえ、あんた、俺を案外わかってんだな」

富士山はにやりとした。

「恐れ入ります」

「たしかにその通り、俺は相手にも誰にも気づかれねえようにそーっと見てるのが好きなのさ。芸の胡蝶の動きだって、何年、ほんもんの蝶をじぃーっと飽きずに見てたかしれねえんだ。でも、この頃はあんまり人の様子は見ねえことにしてんだよ。年齢を取ると結構疲れるんだよな、この癖。でも、まあ、あの時も見るには見てた。金輪際見ねえことにしようたって、曇ったガラス越しぐらいには、見えるもんは見える。ちょっと待ってくれ――」

富士山は両目を閉じ、うーんと唸って眉間に皺を寄せた。

「おかじは向かい側でいつもと変わらず、酒ばかり飲んでくだくだしてて、隣の浪江は癖なんだろうね、膝の上でハンカチを弄んでた。この手の手遊び女は一つことに気を詰めることができねえから、芸事には向いてない。おかじの隣のおりんはそう寒くもねえのに顔まで汗を掻いてた。正直そそられた。それからあんたと奥さんとホプキンズ先生。正直、この場が気まずくなんねえよう、特にあんたの奥さんなんてはらはら気ぃ遣ってたろう？　そういうの、貧乏暮らしの中で悪ガキだった俺を始終案じて、早くに死んだおふくろを思い出して、少しは贅沢させてやりたかったなって、胸が詰まるから苦手なのさ。だからいつもそっちを見ないようにしてる。それから素人ながら、目いっぱい飾り立ててる、色気ぷんぷんの別嬪さんとその娘。突然倒れて、蠍に刺されたかもしれないって、皆が騒いだ女だよ。別嬪さんは娘がいて、あんたの友達で飯を交替で食ってる男が亭主じゃなきゃ、いただいちゃってたかもしんねえな。ああ、でも、俺が気に掛かってたのは、いつも俺んとこから一番離れた席に座る野郎だった。あいつときたら、突然しゃしゃり出てきて毒虫を退治したんだから、ほんと、びっくりした」

「突然とはどういうことですか？」

「席から奴が立ち上がったのが見えなかった」

「それ、山本さんが席を離れてた時があったということですか？」

「薄暗かったから、つい見損なったんだろうよ」

「それ、本当ですか？」

念を押した桂助に、

「嘘だよ、空っぽの席を見るともなしに見てた。だけど見も知らねえ奴で、身体を張って毒虫をやっつけた男のことを、どうのこうのと言いたかねえだろうが――。この船で一緒になって、袖擦り合うも何かの縁だしな。これでもういいだろ、勘弁してくれよ」

　富士山は不愉快そうな物言いになった。

「すみません、あと一つ。おかじさんはワインを何杯飲まれていましたか？」

「昨日は五杯だった、あれ、おかしいな」

「何か、気づいたことでも？」

「俺も結構飲むんだが、昨日は四杯。この船の給仕係は座長の俺をさしおいて、おかじにワインを注いだりしないはずなんだ。どうしたんだろう？」

　富士山は剣呑な目を船長に向けた。

「そ、そんなことはないはずです」

　焦った船長を、

「今日は昨日のようにはしないでくれ。ああ、でも、船に酒飲みは俺一人になったから、文句を言うまでもなくなったか――」

　富士山はけらけらと笑い、笑っていない目で一睨みして出て行った。

「あの男がやはり怪しい。女性に対して冷たすぎる感情の持ち主です。きっと新しい女に目が移って、邪魔になった女を殺したんです。そのうち贅沢が好きな妻も殺されるかも――」

書記の若い船員がふと洩らすと、

「なるほど、なるほど」

船長はしきりに相づちを打った。〝胡蝶の空〟を見ていた時とは打って変わっている。

「一部そういうところもありますが、それだからこそ、富士山さんがご自分で言っていた通り、まだまだ芸ができるおかじさんを殺したとは思えないのです。おかじさん殺しには、もっと深くて重い謎と闇があるような気がしてきました」

七

この桂助の言葉に、

「深くて重い謎なんてねえ。どうもぴんと来ぬなあ」

船長は首をかしげて、

「わかった」

両手を合わせ、

「富士山に倣ってあの時の席の様子を思い出してみよう。おかじさんの左隣がおりんさんで右隣がホプキンズ先生だった。おかじさんに蠍をけしかけるのはたやすい。ホプキンズ先生を呼ぼう。世界文化史を研究していて、蠍の毒に詳しかったあの男が最も怪しい。研究者の性でどこででもいいから、蠍の毒の効果を試してみたかったのでは？」

得意げな顔になった。

「でも、船長、あの先生は船主のお嬢さんの御主人の知人だと聞いています。病院の院長をしている御主人の父親は、ゴールドラッシュで一儲けした、たいした成功者ですよ」

書記の若い船員が恐る恐る進言すると、

「たしかにそうだった。そうなると、断じてあの先生を人殺し呼ばわりできない。しかし、怪しいことは怪しい。ああ、どうしたものか？」

船長は頭を抱えた。

「そのお悩みは無用かと思います。わたしの隣に腰を下ろしていたホプキンズ先生は、テーブルに着いてから部屋へ戻られるまで、蠍が出た時に立ち上がっただけで、ずっと席に着いておられました。おかじさんを殺せるわけがありません」

桂助は言い切った。

「まさか、あんたにはもう犯人の見当がついているのでは？」

船長は身を乗り出した。

「ええ」

桂助はきっぱりと応えて、

「ただし、確たる証を摑む必要があります。それから、念のため——」

桂助は立ち上がり、慌てて後に続こうとする船長を制すると、

「あの時の富士山さんの席に着いてください」

そう言って、桂助も自分の席に着いた。

「これでいいかな」

船長は富士山の席で、

「こうだろうか？」

富士山を真似てふんぞり返った。

「そこからわたしが見えますか？」

桂助が訊いた。

「見える、見える。けれど、今はまだ、晩餐の時とは比べものにならないほど明るいので比べようがないぞ」

船長の指摘を、

「でも、あそこは出入り口に近いので、毎夜燭台が幾つも灯っていて、あの席にも光が多少届いていたはずです」

桂助は異論を唱え、

「たしかにその通りです」

書記の若い船員が大きく頷いて同調した。

「そして、あそこがテーブルに着いている全員の完全な死角になっています」

桂助は出入り口に近い壁に飾られている、鳥が描かれた大きな衝立の後ろに隠れてみせた。その屏風絵は富士山の席の向かい側からは見えているが、席の背後にあるせいで桂助たちの視界には入りにくかった。

「船長さん、富士山さんの席から、一席ずつ移動して、山本さんの席の向かいまで動いてみてください」

船長は言われた通りに席を移動し始めた。

「ああ、食事中、もうそこに人はいないはずです。椅子は二つ多かったのですから」

書記の言葉で船長は移動を止めた。衝立の後ろから末席に移動した桂助には船長がはす向かいに見えている。桂助の向かいには椅子二人分の空きがあった。

そこへ鋼次が食堂の扉を開けて入ってきた。

「日々、男二人が交替で食堂に入って出てきている。おかじさんが殺された時、あんたはここに居なかったんで、調べる必要はないと思ってたが、死角があってそれを知っていたとなると、薄暗さに紛れて、出入り口から入って殺ったとも考えられる。本命はおかじさんではなく、ドレスのよく似合う女房の方ではなかったのか？　おかじさんを殺すと見せかけて、気に入らない女房を殺そうとして、皮肉にもこっちはしくじった？　うーん、そうとも考えられる。あんたの友達が深くて重い闇というのはそれだっ!!　親しいからこそ、わかったんだな。おまえらは仲間だったんだ、我ながら明察、明察」

船長は自慢気に滔々とまくし立てた。

ここに志保が居合わせていたら、気の短い鋼次が癇癪を起すのを案じたであろうが、

「馬鹿馬鹿しいっ」

鋼次は吐き捨てるように言い、

「それより、桂さん、ちょっと来てくれ。見てもらいたいものがあるんだ。今、削り

機の見張りは志保さんがしている。急いであの部屋へ」

　桂助を機械の置いてある部屋へ急かした。船長と書記も連なる。

「あんたたちもついてくるのかい？」

　呆れた物言いの鋼次に、

「これは船主様のご意向である」

「調べがわたしたちの仕事なんです」

　各々二人は自分たちの職務を強調した。

　桂助たちは機械を置いてある部屋の前に立った。

「これなんだよ」

　鍵穴を指さした。

　それがどうしたと言わんばかりの船長と書記に、

「こいつには、よう―く、目を近づけてみると気になる沢山の小さな傷があるんだ」

　鋼次が説明している間にすでに顔を近づけていた桂助は、

「どうやら、この傷の痕は――」

　眉を寄せた。

　鋼次と目が合うと頷き合った。

——あれだろ？——

——ええ、間違いありません——

——けど、どうして、歯科の歯䐢（歯石）除去器具（スケーラー）なんかが使われるんだよ——

——まあ、今ここでは落ち着いていてください。わたしたちは歯医者だと、とっくに知られていますから。降りかかってきた嫌疑を逸らすために、手近な歯科器具を使って、つまらない悪戯を仕組んだなどと思われたくありません——

桂助はひとまず鋼次をなだめた。

歯䐢（歯石）除去器具（スケーラー）は、歯槽膿漏（歯周病）の因になりやすい歯䐢（歯石）を取り除くために使われることが多い。くの字に曲がった切っ先の小さな刃が歯䐢を巧みに削り取る。しかし、そもそも歯科器具など特殊極まりないものである。

「誰かがこの部屋の鍵をこじ開けようとしてたんだよ」

鋼次は怒気を漲らせつつ不安な様子であった。

「たしか、この部屋にあるのは、船主の娘さんから贈られた石膏像で、厳重に梱包してあったものだったろう？」

桂助たちは船長にも中身が何だか、教えていなかった。

「どんな人がどんな風にあなた方のお宝に興味を抱くか、わかったものではありませんからね」

このところ、めきめきしっかりしてきていたマリーのアイデアであった。

「その石膏像というのはよほど値打ちのある品なのかね？」

船長のこの問いにも、

「船主の娘さんが作らせて、奉公人たちも出入りできる礼拝堂に飾ってたもんだから、べらぼうに高いってことはねえだろう。けど、二つとない、いい思い出になるから、傷をつけたり、壊したりしたくなかったのさ。ねえ、桂さん」

「マリア像でしたが、信仰に厚く慈悲深かったマリー夫人に、どことなく様子が似ていましたね」

鋼次と桂助は巧みに躱（かわ）した。

「ふーむ、するとここをこじ開けようとした奴は、札束がぎっしり詰まったトランクでも入ってるんじゃないかと、とんでもない思い違いをしていたというわけだな」

船長の言葉に、

「この鍵を開けようとした人はこの船に乗っています。当然、梱包済の石膏像が部屋へ運び込まれるのも見ています。わたしたちが交替で番をしているのも知っています。それで気になって時折、この部屋の前の廊下を歩いていたのです。目的は札束の詰まったトランクではありません」

桂助は首を横に振って、

「さすが、桂さん、俺なんかと違ってとっくに気がついてたんだ。俺ときたら、この部屋に居ると、瞼(まぶた)が重ーくなって、ついつい舟を漕(こ)いじまって――」

鋼次は面目なさそうに頭を掻いた。

「ようはここで思惑外れの盗みが行われようとしてたということだな。しかし、これとおかじ殺しは別だろう？　我らは犯人の証を見つけようとしているのではなかったか？」

船長は焦(じ)れて桂助を促した。

「それでは厨房で働いている人たちの控室へとご案内ください」

「そんなところで何がわかる？」

「わかります」

言い切った桂助の指示で一行は、給仕係の制服が準備されている控室まで来た。給仕係長が最敬礼して、

「船長、何用でございますか？」

直立不動で指示を待った。

「役目、ご苦労」

笑顔で労(ねぎら)った船長は、

「わしではなく、この男が君に訊きたいこと調べたいことがあるそうだ」

桂助を指差した。

八

「ここの控室には給仕係の制服があるのではないかと思うのですが？」

桂助の問いに、

「はい、給仕員は三名、替え用を入れて十着、その他に予備が三着あります」

「見せてください」

「わかりました」

給仕係長は控室を案内してくれた。給仕の際に着用しているもの、洗濯済の替え用、予備の新品の三種の制服が、天井から吊(つ)り下げられたカーテンで分けられていた。

桂助は三種を分けているカーテンを開けて、皆、同じようにしか見えない制服に目を凝らしていく。二箇所あるポケットも丹念に確かめる。

「何の意味があるのかね」

苛立った船長が洩らすと居合わせている鋼次はこほんと咳払いを一つして、

「まあ、桂さんのお手並み、黙って見ててもらいましょう」

やや甲高い声を出した。

着用しているもの、洗濯済で覆いが掛かっているものと確かめて、予備の三着に行き着いて見終わった桂助は、

「わかりました、これです」

最後に見た制服の右ポケットの上を指差した。うっすらと丸く綿毛の痕が付いている。

「ここからは気をつけないと。鋼さん、ピンセッタ（ピンセット）を持ってきてください」

「合点だ」

部屋に戻った鋼次が診療鞄からピンセッタを見つけて戻ってくると、桂助はこれを手にして右ポケットの中から、直径二センチほどの白い綿球を取り出した。

「何だね、それは」

船長が触ろうとすると、

「多少ですが毒が染み込んでいるはずですので、触るのは止めてください」

桂助は制した。

「ならばその球にどれほど意味があるのか、明かしてもらおうか」

船長は桂助を睨んだ。

「これは歯科用綿球で、口中に用います。歯科医には欠かせない治療綿です。これがここに残っていたのは、給仕員ではない歯科に関わる者が予備のこの制服を着けたということです」

「歯科に関わる者？　それならあんたたち二人じゃないのか。ふん、おかしな言い草だ。まさか、ここで自分たちの罪を白状するつもりじゃないだろうね？」

船長は桂助を睨みながら首をかしげた。

「船内全体の薄暗がりに紛れて、自身の見た目を欺き、ワインを注ぐふりをして、おかじさんの首に、毒入りの注射をしたのはわたしたちではありません。それと、隠し持っていた注射器の毒が、制服のポケットに染み込んで変色してしまっては、後で調べて証になってしまいます。それでポケットの中では、綿球を使って注射針の先を覆うことにしたのでしょう。が、うっかりポケットの中に残してしまったのです。たしかにわたしたちは外科歯科医ですが、この船には他にも歯科医が乗っているのです」

「けれど、乗船名簿で外科歯科医と書いたのはあなたたちだけです」

書記の若い船員が口を挟んだ。

「目的のために職業を偽ったのでしょう」

「あ、そうか、なるほど」

思わず両手を合わせた部下を、

「当たり前じゃないか、くだらん感心をするな」

船長は声高に叱って、

「それではその人殺しの歯医者のところへ、これから行くとしよう」

真っ先に控室から出た。

「さて、どこへ行く？」

訊かれた桂助は、

「わたしはおりんさんのところへ行きます。船長さんたちは山本さんの部屋へ行ってみてください」

応えておりんの部屋へと向かった。

扉を叩いたが返事はなく、鋼次がドアノブを引くと開いた。鍵は掛けられていない。

「おりんさん」

桂助は叫んで駆け寄った。

おりんが二つ並んでいるベッドの片方に仰向けに倒れている。その首には虫に刺されたような赤い小さな痕があり、そばには注射器があった。そして、床には桂助たちがアメリカで目にすることのあった、ゴム毬のような装置が付いた麻酔の器具が転がっていて、歯科用の綿球がぱらぱらと散らばっている。

足踏み式虫歯削り機同様、ゴム毬の部分を膨らませては押すの繰り返しで、エーテルやクロロホルムの液体を気化させて患者を眠らせる麻酔の器具もまた、世界中から熱狂的にもとめられている。

桂助は脈を確認して首を横に振った。

足付きの文机に宛名のない白い封筒が載っていた。おりんが書いた文であった。桂助と鋼次はそれを読んだ。文には以下のようにあった。

これを最初に読むのは誰だろうかと考えると、この船に乗っている人たちの誰かなんでしょうか？

わたしの骸が見つかるのは夕食の晩餐の頃でしょうか？　わたしが昼食に出て行かなくても、誰もここへ様子を見にきてくれないでしょうから。浪江さんは絶対に案じてなぞくれないでしょうし。昼食や夕食の時でもなく、突然やってきて、この部屋の扉を叩くとしたら勘定高くて助平な座長さん？

それは煩わしすぎるんで、そうなったりしないよう早目に死ぬことにしました。おかじさんを殺したのはわたしです。それはおかじさんがわたしの産みの母親だったからです。

「えっ？」

鋼次は驚いて声を上げた。

わたしは生まれるとすぐ、長屋の塵芥箱の中に捨てられました。拾ってくれた人の顔は覚えていません。養親運が悪くて、わたしは拾われた先々で養父母に先立たれたり、商いが傾いての夜逃げにも連れて行ってもらえず、またまた捨てられるという、不幸続きでした。

何とか身売りもせずに生きて来られたのは、世の中が変わって、若くても気の利いた小間使いが雇われるようになったからです。そんなある時、産みの母親の知り合いという人から、産みの母が美人手妻師の大山かじ花だと報されました。
その時は面食らうばかりでしたが、そのうちにどうしても、母に会いたい、そばにいたいと思うようになりました。そこでお屋敷勤めを辞め、富士山太郎一座の楽屋に母を訪ねて、どうしても弟子にしてほしいと粘りました。娘だと名乗りを上げなかったのは、かじ花はそれを言わせない、母性とは縁もゆかりもない空気に包まれていたからです。

あの時諦めていればこんなことにはならなかったのかもしれませんが、どう悔んでも、もう後の祭りです。

相手にしてくれなかった母のかじ花もついに折れて、わたしは弟子とは名ばかりのかじ花の小間使いになりました。掃除、洗濯、裁縫、買い物、着付け、化粧、洗髪等の他に思い出話や愚痴聞きという役目付きです。

辛かったのは、母がわたしを産んだことなど露ほども覚えてはおらず、ただただつきあった男たちのことや、座長が自分を妻にしてくれなかった恨みつらみばかりを聞かされたことです。

情けなかったのはかじ花がこれらを正妻の浪江さんにぶつけていて、しかもそのやり方が宝石類を脅し取るという、何とも卑しい、恥ずかしいものだったことです。

わたしが小間使いとしてお屋敷に雇われたのは、裁縫なら誰にも負けなかったからです。手先がとても器用でした。

どうやらわたしのその器用さは母に似て、手妻と関わりがあるようで、見様見真似でぎこちなくではありましたが、すぐに蝶が動かせました。一人で練習しているところを座長に見られて以来、何やかやと期待されるようにもなりました。初めはうれしかったのですが、そのうちに目的がわかりました。わたしが渡る世の中には失望しかないのだとも——。

そもそも母かじ花は我儘(わがまま)で仕えるのは大変な女(ひと)でしたが、座長がわたしに気があるとわかってからは、それはそれは辛い日々でした。日本を発(た)つ時買いにやらされた物差しで、あれが悪い、これが悪いとさんざんに打ち据えるのです。これが物差しでなく、木の棒でしたら、苦労を舐(な)めてきたせいで身体が丈夫なだけが取り柄のわたしでも、殴り殺されていたかもしれません。

船で同室になるとかじ花の八つ当たりは一層酷くなりました。夜中に顔に痛みが走って目が醒(さ)め、顔を手で触ってみると血がにじみ出ていたこともありました。もちろん、他人(ひと)にはわからないようお化粧で隠してはいましたが——。

このままでは殺される、そう思って殺したのですが、いざ死んでしまうと、解放されてすっきりするどころか、寂しくて寂しくてたまらなくなりました。

後悔だけが残りました。

どんなに酷い母でもいいから生きていてほしい、自分が母を殺すのではなく、母に殺された方がまだましだったとも――。

以上がわたし、鎌倉りん波が実母大山かじ花を手に掛けた理由です。

りん

一方、船長たちは山本竜吉の部屋に踏み込んだ。この時、山本はおりんの手を経て奪った、金や色石使いの贅沢な簪、笄、大粒の真珠やダイヤだけで出来ている首飾り、ダイヤモンドで取り巻かれた翡翠の指輪、ルビーとダイヤのブローチ等を隠した鞄から出し、目を細めて眺めていたところだった。

「泥棒だあ!!」

咄嗟に書記を務めていた若い船員が叫び、慌てて逃げ出そうとした山本は、船長の分厚い胸に阻まれて突き飛ばされた。

「よくも、蠍退治などという下手な芝居をしてくれたものだな。似非勇者めっ」

船長はありったけの憤怒を山本に叩きつけた。

捕まって拘束された山本は以下のように犯行について語った。

「あの二人がわたしと同じアメリカ帰りの外科歯科医なのも、別室に最新の足踏み式虫歯削り機を積み込んで、始終見張っているのも知っていた。帰国を前にして、わたしもあの歯科機器の輸出会社に頼もうとして値段を訊いたことがあったからだ。その時、相手からはあの二人が金持ち院長のお声掛かりで、特別なはからいによって高価な機械を入手出来て、近々帰国する手筈になっているとも聞かされた。以来、わたしはあの機械を夢にまで見るようになった。あれがあれば歯を残して治療できる。帰国後のわたしの先行きは前途洋々だ。しかし、わたしが手に入れられるのはせいぜいが麻酔の器具止まりで、どんなに熱心にアメリカ人歯科医の下で学んでも、あの機械を買えるほどの賃金は払ってもらえず、勿論、件の会社にも口など利いてはもらえなかった。わたしは次第に会ったこともないあの二人に対して、羨みを超えた憎しみを覚えると同時に、何としてもあの機械が欲しい、買えないのなら奪ってやろうとまで思うようになった。それであの二人について調べて、一緒の船に乗り合わせることに決めた」

そこで一度言葉を切った山本は、

「今となってみれば、あの二人だってあの機械を得るには相応の努力をしたとわかる。

だが、思い詰めていたわたしにはそれが見えなかった」

微かに苦笑して先を続けた。

「だから盗みたい一心で、甲板へ出ては泣いているあの女、鎌倉りん波ことおりんに、わたしの方から声を掛けた。その時は何とかおりんを仲間に引き入れて、あの機械を盗むつもりだった。ところがあの二人ときたら、まるで隙を見せない。ごくたまに部屋が無人になっても、掛かっている鍵を開けることはできなかった。歯黴除去器具の扱いは上手いつもりだったが、鍵穴となると手強かったのだ。そんな時、泣いてばかりいたおりんがおかじ殺しを持ち出してきた。わたしから機械の値を聞いていたおりんは、殺しさえ引き受けてくれれば、そのくらいの機械がゆうに買えるだけの宝石をくれるという。よし、乗ろうとわたしは決めた。一等船室に泊まり、テーブルでも末席だったのが幸いした。最も死角に近い位置だ。わたしは誰にも怪しまれずに死角に隠れて食堂を出ると、計画してから、目をつけて確かめておいた給仕係たちの控室に忍び込み、予備の制服に着替えて戻るとおかじにワインを注ぎつつ、酔い潰れかけて、だらりと斜めに項垂れていたその首に、ポケットに隠していた注射の毒液を刺し込んだ。それは蠍の毒で一瞬にして死をもたらす。前もって麻酔の器具の箱にしまって持ち込んでいたものだ。騒ぎを起こした蠍も同様に隠し持ち、場を騒がせる目くらましに使うつもりでいた。もっとも、毒の強さは注射器に仕掛けたものほどは強くはない。必要以上に人を巻き込むつもりはなかった。しかし、どのみち、わたしはあの機械を我が物とするためには、一人や二人、殺してもかまわないと思っていた。注射器はちゃんと隠しておいたし、おかしいな、わたしが犯人だという証はどこにもなかったはずなのに――。まさか、あの女が白状したのでは？」

そこにおりんが居るかのように、鬼気迫る目で壁を睨み据えた。

そこで、船長はおりんの自死と、制服のポケットに残された歯科用の綿球のことを指摘すると、

「ああ、そうだったのか。クソッ、あの女を仲間にするんじゃなかった。俺としたことがまぬけなことをしたものだ、この馬鹿っ、馬鹿っ、馬鹿っ」

しきりに自分の頭を殴りつけつつ、けらけらと笑い続けた。

第二話　志保のバラ

一

桂助たちを乗せた船は横浜の港に着いた。山本竜吉は船長の手で日本の役人に引き渡された。

港には美鈴の両親、芳田屋の主夫婦が供を連れて出迎えに来ていた。美鈴の熱は微熱におさまってきてはいたが、口中の疱疹の痛みはまだ続いている。

鋼次に支えられて船を出てきた娘の顔色を見た美鈴の両親は、

「お久しぶりでございます」

桂助の挨拶に返す言葉も持たず、

「心と身体の疲れが重なって罹る病ですが、休養していれば治るのでご心配には及びません」

桂助の説明さえ上の空で聞いて、

「あんなに窶れきって。可哀相に」

「海の向こうへなんてやるんじゃなかった」

何と娘よりも青ざめてしまい、すぐに供の者を走らせて大八車と布団を用意させた。

お佳の手を引いている鋼次は、美鈴を大八車に敷かれた布団に横たえさせると、

「それじゃ、桂さん、俺は美鈴と一緒に行くから。すまねえが、あれを頼むよ」

各々人力車に乗った美鈴の両親と共に港を後にした。

桂助は荷物置き場で志保が見張っている、件の荷物のところへ急いだ。

「うちも大八車を頼んでこれを駅まで運ぼう。だから、もう少し、ここで見張っていてください」

そう告げて人を探しに行こうとすると、

「若旦那様」

聞き覚えのある声に振り返った。

「お忘れになっては困ります。あなた様に白ネズミ返上のお世話をいただいた伊兵衛でございますよ」

桂助の生家、呉服問屋藤屋の大番頭の伊兵衛がにこにこと笑って立っていた。

商家では若い頃から長きに渉って、独り身で住み込みの奉公を続ける忠義者は白ネズミと称される。伊兵衛がそう呼ばれなくなったのは、遅ればせながら意中の相手と巡り合い、所帯を持って通い番頭となっていたからであった。

「おさいさんは元気かな？」

　桂助には積極的に仲立ちをしたつもりはなかったが、幾つかの偶然が重なって伊兵衛に幸運がもたらされたのであった。

「もちろん、孫が出来てから若返ったようにも見えます。もう夢中です。孫はよほど可愛(かわい)いもののようです。でも、御心配なく。わたしはおさいよりも孫馬鹿ですから」

　伊兵衛は頭を掻(か)いた。伊兵衛は年頃の娘おいくを連れたおさいと一緒になったのだが、心優しく子ども好きの伊兵衛は実の娘のようにおいくを慈(いつく)しんでいた。

　しかし、ここで桂助たち夫婦に子どもはまだかなどと、決して訊(き)いたりしないのが伊兵衛のいいところであった。

　そんな伊兵衛は大きな荷物から離れない桂助たちの様子に、

「お荷物ならこの伊兵衛が間違いなくお運びいたします」

　そこへ巨漢の車夫が人力車を曳(ひ)いて近づいてきた。

「元相撲取りのこの男に運べぬ荷物はありません」

　車夫は軽々と件の機械を乗客代わりに載せた。

「よかった、新橋(しんばし)への切符を余分に買っておきました。お荷物はよほど大事なもののようですので、お二人の隣の席に載せましょう。上等車なので今時分は乗る人が少ないので大丈夫です。ところで、汽車の時が来るまで昼餉(ひるげ)など召し上がっては？　実はお仕事が忙しくて迎えに来られなかったお房お嬢様から、是非とも、お二人に浜の牛鍋を召し上がっていただくよう、仰せつかってまいりました」

伊兵衛の誘いに、

「そういえばお腹が空いてきましたね」

「わたしも」

二人はお房の心遣いを受けることにした。

三人は町中を歩いて目当ての牛鍋屋へと向かった。後ろからぴったりと、命と同じくらい大事な荷物を座席に載せた人力車がついてくる。心配なので桂助と志保は交互に振り返った。いつしかその確かめに伊兵衛も加わった。三度の確かめに一度、振り返ることになった伊兵衛は、

「よし、合点」

そのたびに拳を固めて見せた。

桂助は以前にも、開港して間もない横浜を訪れている。当時横浜で開業していたアメリカ人歯科医が、歯を抜くことなく保存する新しい治療を実践していたからである。

その頃は寒々とした漁村の一角に、西洋屋敷がぽつぽつ建っているような印象だったこの土地も今ではすっかり変わって、桂助たちが暮らしていたアメリカの田舎町な

どより、遥かに喧噪で、ずっと豪華な異国情緒を醸し出していた。もっと昔に医術を習うために逗留した長崎に比べてもひけをとらない。

——しかし、何と言うか、この港町の度を過ぎる輝きには、ある種の胡散臭さが感じられる——

桂助はなぜか、国内の主権争いのさ中、この港町に豪壮な屋敷を建てて陣取っていた麻薬王キングドンが、阿片の密売で暴利を得ようとしていた事実を思い出していた。

——表向きこそ、代々受け継がれている、園芸好きの集まりのように見せながら、実は公方様の下、国を守る使命を帯びた輩の絆なのだとあの時わかった。驚いたことに元御側用人だった岸田正二郎様だけではなく、呉服屋の主にすぎない商人の藤屋のおとっつぁんまで関わっていたのだ。そしてその強い絆ゆえに、何とか阿片禍を撃退できたのだ。だが、邪な相手は常に湧いて出てきているはず。今、この賑やかな港町にその手の悪がはびこっていないといいのだが——

桂助は久々に、アメリカに居た時とは異なる、重い緊張を感じた。

——あちらでは何でも知ろう、早く上達しようという焦りに駆られての緊張だったが、歯科治療に限られたものだった。比べればあちらの方が楽だったかもしれない

——

「さあ、着きましたよ」

伊兵衛と二人、それに座席に件の機械を載せている車夫は派手な看板の掛かった牛鍋屋の前に立った。

大きな看板には波打ち際で串に刺した牛肉を焼いている、鉢巻きをした日本人と、そばで髪が黄色く、目の青い、外国の青年が舌舐めずりをしている様が描かれている。目立つ箇所に、〝先代店主、牛肉売りの先駆けなり〟と書かれていた。

「商いが長いのですね」

志保は感心し、昼餉に牛鍋を振る舞われるとわかっている車夫はごくりと喉を鳴らし、

「御心配でしょうから」

二人の胸中を察した伊兵衛の指示で、事前に頼んであった離れの部屋まで、足踏み式虫歯削り機を運んだ。車夫は別の場所で牛鍋を堪能することになり、二人は荷物の安全を目の当たりにしながら、牛鍋を楽しむことになった。

ところが、いざ鉄鍋で焼かれた味噌味の肉片を口に運ぶと、そう厚くもないのに嚙み切るのにしばし時がかかった。桂助も同様で伊兵衛は箸を手にしなかった。

「寄る年波ですっかり、歯が弱ってしまいましてね」

「海の向こうでも、こちらでは牛鍋屋が大流行りしているのだと評判になっていました。江戸、いえ東京の牛鍋屋さんでもこのような牛肉を供するのでしょうか？」

志保はやや声を潜めて伊兵衛に訊いた。

「自称老舗のこちらではこのような固い肉の牛鍋が多いようです。けれど、東京にはもっと柔らかな肉を食べさせてくれる牛鍋屋があります。値はほとんど変わりません」

「ならば柔らかい方がいい」

桂助の言葉に、

「わたしもです。ここの牛鍋の牛肉ときたら、昔、ももんじ屋で売っていた、狐や狸の肉と変わらない固さなんですからかないません。滋味を身体に取り入れるももんじ喰いは薬食いですから、固くても仕方がありませんでしたが、牛肉の風味や肉の質を楽しむ牛鍋となると話は別です」

伊兵衛は相づちを打った。

「藤屋のおとっつぁん、おっかさん、お房なんかも柔らか好みなのだろうね？」

桂助は念を押した。

「もちろんです。ですので、美鈴様のお実家芳田屋さんのお招きにも、一度いらっしやっただけで、再三ともなると丁寧にお断りしているのです」

　この時伊兵衛はやや困惑気味に眉を寄せた。

「芳田屋さんはさぞかし、商いを広げておいでなのだろうね」

　桂助はふと洩(も)らした。

　迎えに来た美鈴の両親が、同じ相手だったかと見間違うほど、真新しい洋装に身を包んでいたからである。

「元は諸国銘茶問屋を商われていて、一時は傾かれたこともございましたが、人気の茶を異国へ売ることで元手を作り、今ではここ横浜の異人たちとの取り引きで、飛ぶ鳥を落とす勢いです。申し上げかねていたのですが、この牛鍋屋も芳田屋さんがやっています。東京にはこの店の本店がありまして、大旦那様、お内儀(かみ)さん、お房様ご家族はそこへ招かれたんです。もちろん本店でも牛肉の固さはここと変わりません」

　そこで躊躇(ためら)った伊兵衛は言葉を詰まらせた。

二

「もしや、おとっつぁんたちと美鈴さんのところとはうまくいってないのでは？」

桂助は案じた。

「藤屋の屋台骨は呉服問屋ですが、お房お嬢様とお婿さんの太吉(たきち)さんは、新しい仕事に懸命になっています。ただし、儲(もう)かれば何でもいいというお考えではありません。異人たちの人気は日本の浮世絵や絵画、仏像、焼き物等に集まっています。これを芳田屋さんでは、只(ただ)同然の二束三文で叩(たた)いて買い、幾ら出してもいいから欲しいという異人たちに売っています。このあたりが藤屋の大旦那様やお房お嬢様の意に染まないところなのだと思います。日本の美術工芸品はパリ万博においてさえ大賞賛されたほどのものなのだから、もっと大事にするべきというお考えです。それもあって、お房お嬢様は今、日本ならではの上質な絹の調達、取り引きや製鉄工場への出資等に腐心されているのです。これからの商いは異国へ二つとない美術工芸品を安直に売るのではなく、まずは衣食住に結び付くものを造り出して大量に売るべきなのだと。これは新政府の意向でもある大仕事ですので、藤屋と大旦那様は陰から支えておられます」

——わたしたちが海を渡る前、アメリカの最新の歯科技術を横浜で体験したお房は、歯を抜かずに治療できる歯科の治療院を造りたいと言ってくれていた。その話が進まなかったのは大仕事と関わっていたからだったのだな。まずはその大仕事を軌道に乗せてからにするつもりなのだろうが、歯痛や歯抜き等の口中の病で苦しんでいる人たちは多い。ここはお上の大事と商いの命運を共にしているお房やおとっつぁんに頼らず、我が道を切り開いてきてよかった。ジョンソンに騙られたとわかった時だけではなく、一度ならず、足踏み式虫歯削り機が欲しいと、無心の文を書こうとしたが、止めておいてよかった――

この時桂助はしげしげと、目の前に置かれている足踏み式虫歯削り機を見つめた。

――これが多くの患者たちの救いになる――

桂助はしばし沈黙してしまい、

「わたし、何か余計なことを申し上げてしまったでしょうか」

伊兵衛は知らずと自分の口を両手で押さえた。

桂助の胸のうちがわかっている志保は、

「ところで、どうして牛鍋には柔らかい肉のものと、そうでない、ここのもののような固いのがあるのでしょう？」

と言ってその場の空気を変えた。

「そうそう、それそれ」

この問いを期待していた伊兵衛は、

「固い牛肉は異国から入ってきて飼われている種で、草だけで育ち、一部には年を取って乳を出さなくなった乳牛も含まれるのではないかと。いわば舶来品です。一方、柔らかな牛肉は彦根産の牛の血を引くもので、肉の旨さを引き出すため、草だけではなく、酒や酒粕等、餌にさまざまな工夫が凝らされているのではないかと。これはお房お嬢様のお考えです」

すらすらと話した。

「そうなると、固い肉と柔らかな肉は値が違わなければおかしい」

桂助もこの話に加わった。

「それについて、お房お嬢様は異人から買う牛の値が高すぎるせいだと。一度、奴らに彦根産の牛の血を引く、牛肉を食べさせて談判したいものだと――」

伊兵衛の言葉に、

「如何にもお房らしい」

思わず桂助はぷっと吹き出し、志保は、

「ああ、でもこれは――」

大皿に残っている肉片をちらと見て、

「これは薄く切って、さっと煮たり焼いたりするのには適さないものかもしれません。牛に限らず肉というものは部位によって料理法が異なるのです。これはたぶん、脛の部分です。ぶつ切りにした脛肉は長く煮込むとたいそう美味しい汁物になります」

アメリカでの食体験の一部を披露した。

「これが汁物にですか？　何とも見当がつきません」

首を傾げる伊兵衛に、

「手に入れることができたら、作ってお招きします」

志保が微笑んだ。

食は進まないものの、話は弾み、気がつくと一行は横浜ステンショ（横浜駅）へと急がねばならなかった。

件の救いの神は巨漢の車夫が運び、二人分の乗車賃と引き換えに上等席に落ち着いた。桂助たちも隣の席に腰を下ろした。二人と向かい合った伊兵衛は、

「これ、いいですね、何度乗っても。これに乗ると言うと孫に羨ましがられるんですよ。いつか一緒に乗りたいものです」

やや興奮気味だったが、アメリカではすでに蒸気機関車はそう珍しいものではなかった。

年齢のせいもあるのか、伊兵衛は機関車が動きだしてほどなく、軽い鼾を掻いて腰かけたまま眠ってしまった。

——お房はわかっていて、わざと美鈴さんの実家がやっている牛鍋屋へ誘って、あのような牛肉をわたしたちに食べさせた。そして伊兵衛に肉の違いの話もさせた。あれはわたしたちに自分たち藤屋の立ち位置をはっきりと報せるためだったのだ——

桂助が少々憂鬱な気持ちに陥っていると、

「わたしたちはあれを見張っていなければ——」

志保が声を掛けてきた。その目は通路を挟んだ隣の救いの神に注がれている。

「そうでしたね」

桂助も志保に倣い、

「そして、わたしたちは一つでも多くの歯が失われないよう、力を尽くすべきなのでしたね。それが目的で海を渡り、今こうして帰ってきたのですから」

自分に言い聞かせるように呟くと、

「そうですとも」

志保は深々と頷いた。

新橋ステンショに着くと、伊兵衛の手配で救いの神の分も人力車が追加された。こうして三人と神が、〈いしゃ・は・くち〉のある、湯島聖堂近くのさくら坂へと向かった。

今は桜の時季ではなく、坂の両側に植えられている桜は、その葉がいっせいに茶色味を帯びてきている。

坂下まで来た時、桂助は、

「ここで下ります」

車夫に断って人力車を下りた。

示し合わせていたわけでもないのに志保も同様に下りる。慌てて後ろの伊兵衛が下りようとすると、

「伊兵衛はそのままで」

止めた桂助は志保と肩を並べて坂を上り始めた。

「わたし、秋だというのに春の桜の花が見えるような気がします」

志保の言葉に、

「わたしもです」

桂助も頷き、先を続けた。

「アメリカへ行くために、ここを下った時のことがまるで昨日のことのように思い出されます」

「あの時、わたし、〝志保、頑張れ〟って、桜の花に励まされているような気がしま

した」

「実はわたしもです」

「今もまた、その声が聞こえます」

そう告げて立ち止まった志保の手を、

「共に頑張りましょう」

桂助は強く握りしめた。

二人は手と手を取り合ってさくら坂を上りきると、伊兵衛と救いの神が上ってくるのを待って、〈いしゃ・は・くち〉の前に立った。看板こそしまわれていたが、戸口は出て来た時のままで、真新しくはないが朽ちている様子はなかった。

「お房お嬢様からのお言いつけでわたしがここを任されて、あれこれお世話をいたしておりました。まずは粗相がなかったかどうか、お確かめください」

伊兵衛は薬草園へと二人を案内した。

「まあっ」

志保は目を瞠(みは)った。

戻ってきた時は強い草だけが茂る、もはや薬草園とは言えない様子になるのを覚悟して、ここを後にした志保だった。

「あの時のままだなんて――」

「若旦那様のお部屋に若奥様の志保様がつけておられたと思われる、この薬草園についての帳面を見つけまして、藤屋出入りの植木屋に見せていろいろ教えを乞いました。それで何とか――。まあ、わたしは素人でございますので、日々の水やりと草抜き、酷い暑さと寒さに気をつけて覆いをしたり、菰を被せたりと、その程度しかできず――、さて、如何でございましょうか？」

恐る恐る訊いてきた伊兵衛に、

「ありがとうございます、素晴らしいわ」

志保は珍しく子どもに返ったかのような驚きを示した。

「まるで、夢みたい」

紅潮した頬にうれし涙が光っている。

「そうおっしゃっていただけると、奉公人冥利に尽きます」

伊兵衛は安堵のため息をつくと、

「それから、実はこちらも――」

薬草園から〈いしゃ・は・くち〉の裏手へと向かった。

「これは――」

今度は桂助が驚く番だった。

戸口からは見えなかったが、渡り廊下でつながる離れが出来上がっている。

三

「お房お嬢様は、若旦那様もお独りではなくなったので、今までの家では手狭だろうとおっしゃって、この離れをお二人の新居にと」

伊兵衛の言葉に、

「お上が関わる新しい商いが忙しく大変な時に心にかけてくれて有難い。すぐにお房に会って礼を言いたいが、忙しいようだから仕方がない。まずはおまえからお房に伝えてほしい」

「わたしからもお礼を申し上げます」

桂助と志保は共にそこにお房が立っているかのように頭(こうべ)を垂れた。

二人は伊兵衛の案内で新居となる離れへと入った。

八畳間の座敷、一つは床の間があって客間にもなる六畳間が二つ、自由に使える四畳半に、納戸、厨(くりや)、厠(かわや)が付いている。

「お房お嬢様のご心配はお二人がすっかりあちらの暮らしに慣れてしまって、洋館でないとしっくり来ないのではないかということでした」

「そんなことはないよ。新しい畳の匂いがたまらない。実はこれがとてもなつかしかったのだ」

桂助は満足そうに洩らし、

「わたしは押し入れに用意していただいていたお布団に感激しました。替えたばかりの畳の上にお布団を敷いて眠る夢を、あちらで何度も見ていたのですもの」

志保はまた頭を下げた。

座敷の八畳間からは薬草園が見渡せる。

「わあ、何っていい眺め」

志保が歓声を上げた。

薬草が風に揺れて、そこはかとなく独特の匂いを運んできている。

この後三人は母屋へと移った。

「ここもアメリカ同様、鍵が要りようなのだね」

桂助はわずかに眉を寄せた。離れに入る時も伊兵衛は鍵を使ったが、何と〈いしや・は・くち〉の玄関にもがっちりとした南京錠が取り付けられている。桂助たちが旅立った頃にはまだ、鍵などたいていの家では用いられていなかった。

「すみません、これもお房お嬢様のお言いつけです。昔は鍵など無用でのどかなものでしたが、今はもう、鍵をかけずにいては、家を荒らされることが多いのです」

「それでは、あの大事な荷物は？　どこに？」

「いかん、うっかりした」

咄嗟に桂助と志保は青ざめたが、

「御心配なく。あの車夫はうちの忠義な奉公人です。合鍵を持たせていて、すでにお荷物は治療処へ運び込まれております」

伊兵衛の応えに、二人は顔を見合わせてほっと胸を撫でおろした。

母屋である〈いしゃ・は・くち〉の中も、離れ同様、隅々まで掃除が行き届いている。

「よく清められているだけではなく、旅立つ前より片付いているような気がする」

救いの神が届いている治療処改め診療室に入った桂助が呟くと、

「お気になりますか？」

今度は伊兵衛がやや色をなくした。

「捨てられては困るものもある――」

「それでしたら大丈夫です。わたし、整理整頓が気になる癖があり、ここもついつい片付けはしましたが捨ててはいません。お房お嬢様に相談して、片付いていないものを納めておく場所をここに用意させていただきました」

伊兵衛はガラスの嵌った真新しい治療棚を指差した。

「今は、片付いていなかった若旦那様のご本や、患者さんについて書かれていた心覚えだけが入っています。ですので、それをあの向かいの元からある棚に移し、棚の上にある生薬の類や治療道具を新しい方に納めてはいかがでしょう？　お房お嬢様によれば、今時、新政府の声が掛かっている大所帯の医家は病院と呼ばれて皆、埃や塵を避けて、薬や治療道具をガラスの戸の付いた治療棚に保管するのだそうで、若旦那様もあちらでそのように薬や治療道具を取り扱っていたはずだと。お嬢様はこと治療処に関しては、あちらと変わらないよう、万全を期して整えてさしあげたいという御意向でした」

そこで伊兵衛は元々、壁に取り付けられていた治療処専用の納戸の引き戸を開けた。歯科用綿球や注射器、消毒のための煮沸消毒器、幾つかの遮光壜等が詰まった箱と、中身が何であるかを示す横文字が見えた。

「お房お嬢様はこうもおっしゃっていました。藤屋が藤屋であるために、お上と共に手掛けなければならない仕事さえなければ、最新の歯科の技を取得して帰ってくる、若旦那様にもっと報いることができたろうにと」

伊兵衛は自分がお房にでもなったかのように深く頭を垂れた。

「これのことだろうけど」

志保が手伝って、桂助は荷物の厳重な梱包を解き始めた。

救いの神は二つに分かれている。すぐにそれとわかるのは診療椅子で、肘もたれがあるゆったりとした作りで黒い革が張られている。あと残りは肝心な足踏み式虫歯削り機であった。早速桂助は足踏み板に足を乗せ、削り機を動かしてみた。滑車の回るカシャカシャガタガタという音が聞こえる。

「伊兵衛、その椅子に腰かけてみて」

桂助の言葉ではあったが、

「い、嫌でございますよ。お房お嬢様はあれほど素晴らしいものはないとおっしゃっていましたが、わたしにはとてもそうは見えません。黒光りしているその椅子は闇から生まれた魔物みたいですし、音が不気味な機械は魔物が手にしている刀みたいじゃありませんか？　少しでも関わったら肝を抜かれそうです。恐い、恐い、ごめんです」

伊兵衛はぶるぶると震えて頭を振った。

「そうかなあ」

足踏み板から足を外した桂助は、

「他の人たちもやはり怖がるものだろうか？」

真顔で伊兵衛に訊いた。

「そりゃあ、まあ、牛乳を飲んだり、牛鍋で肉を食べたりしたら、牛のように角が生えてくると信じている人たちは今でも結構いますから。わたしも牛乳の方はちょっと――、あれ、匂いがきついですよ」

伊兵衛は首をすくめた。

「どうしたものか、せっかく救いの神と一緒にここへ戻ることができたのに――」

考え込んでしまった桂助は志保の方を見た。旅立つ前はあまり自分の考えを口にしなかった志保だったが、誰もが主張する異国での暮らしの感化によるものなのか、以前よりずっと多く意見を口にするようになっていた。

「何年も留守にしていたんですもの、まずは初心に戻って、患者さんたちに信頼してもらわなければならないように思います。歯抜き名人、藤屋桂助を思い出してもらわなければ。治療処専用の納戸にお房さんが用意してくださったエーテルがありました。

あれを使ってむずかしい歯抜きや、取り除かなくては命に関わる口中の治療をしてみてはどうでしょう？　救いの神の効力は、どうしても歯を残したい人たちが治療椅子に座ってくれて、牛になんてならない、残した歯で長生きができると広めれば、おいおいわかってもらえると思うのです」

志保の意見は現実的で案外、的を射ている。

「たしかにそうですね」

桂助が大きく頷くと志保は、

〈いしゃ・は・くち〉の看板の下に、〝アメリカ帰りの口中医藤屋桂助、さらに磨きの掛かった歯抜き、虫歯を残せる治療承ります〟と書き添えた札を垂らした。

「患者さんたちを怖がらせるといけないので、救いの神は離れへでも移しておきましょうか？」

がっかりした様子の桂助を、

「いいえ、ここで見ていていただきましょう。人は見慣れるとだんだん親しみが湧いてくるものですもの」

志保が宥(なだ)めた。

「そうですね。だんだん、まあ、こんなものかという気になってきました」

伊兵衛の落ち着いた様子に、

「ふう、よかった」

桂助は安堵した。

この後、初秋の夕闇が迫りかけてきた頃、

「あ、いけない、忘れていたわ」

志保はアメリカから後生大事に持ち帰ってきた棘のある挿し芽五本を、手付きの袋の中から取り出した。

「もしや、それ、バラですか？」

世話を含めて草木が好きな伊兵衛は目を細めた。

「ええ」

「このところ、バラは大人気です。牡丹や芍薬に追いつかんばかりの勢いです。それにしても大きな棘ですね。バラに棘は付きものとはいえ、これほど大きなものは見たことがありません」

「これはとても古いバラの種なのです。花の様子が美しいだけではなく、香りが素晴らしく、心と身体に薬効があるというので、あちらでは家の庭に植えていました。香しく咲き誇る様子は見事の一言に尽きました。それでつい後ろ髪引かれて、こうして持ち帰ったのです」

「それはそれは、これからどんなバラの花が咲くか、楽しみです。お手伝いします、日が暮れないうちに植えてやりましょう」

こうして志保がアメリカから持ち帰ったバラが薬草園に仲間入りした。

四

「夕餉がもうすぐ平松から届きます。なつかしいこちらの旬の味を、存分に味わっていただきたいというお房お嬢様からのお心尽くしです」

そう言い置いて伊兵衛は暇を告げた。

平松は何軒かある名の知れた料理屋の一つであった。

ほどなく、届けられてきた夕餉の御馳走は以下のように、松茸がふんだんに使われている。

前菜　季節の七点盛り
車海老の菊花寿司、子持ち鮎の山椒焼き、里芋の白味噌京煮、茄子と松の

実入り海老すり身の挟み揚げ、いかの紅葉焼き、鴨の豊年焼き、むかごの
黄金焼き

椀　　松茸の土瓶蒸し
造り　鯛、戻り鰹
焼き物　鰻の白焼き、松茸の奉書焼き
揚げ物　松茸の天婦羅
お凌ぎ　松茸、ほうれん草、菊のお浸し
温物　松茸茶碗蒸し　そばの実あんかけ
台物　松茸と牛肉のすき煮風
止　　松茸ご飯
止椀　豆腐の味噌汁

「これは御馳走だ」

「まあ、すごい」

歓声を上げた二人は離れの座敷でお房の心尽くしを堪能した。

翌日、桂助と志保は藤屋を訪れて帰国の挨拶をした。会って一言礼を言いたかった

お房は、仕事で忙しく留守をしていて、会うことができなかった。志保の父佐竹道順の墓参りを済ませると岸田邸へと向かった。

元御側用人で藤屋の両親とも親しく、桂助の御目付役のような存在だった岸田正二郎について、桂助の父藤屋長右衛門は、

「風の便りでお屋敷を出られたと聞いている。とかく市中が騒がしかったのでお目にはかかれなかった」

目を瞬かせていた。

桂助と志保は岸田の屋敷の前に立った。門番の姿はない。おかげで広大な庭の垣根の間から庭が見渡せた。

「どなたか住まわれてはいるようです。草木の手入れがされていますから。あの、一度見たことは決して忘れない、見覚えのとてもいい金五さんはどこへいったのでしょうか？」

桂助が金五のことも気になっていると志保にはわかる。

「岸田様の養子になったのですから、岸田様と一緒のはずです。何とか二人とも元気でいてくれるといいのですが」

「本当に。今はとにかく一人でも多くの患者さんに治療にいらしていただきましょう。

そうしているうちに、桂助さんが帰ってきたという噂が流れて金五さんの耳にも入り、前のようにひょっこり顔を出してくれるかもしれません」

「たしかに」

こうして〈いしゃ・は・くち〉は近々に開業されることになったが、そんなある日、

「俺だよぉ」

叫び声で、志保が鍵を開けて出てみると、房楊枝が入った竹籠を背負った鋼次がいた。帰国してから二人が初めて会う鋼次であった。洋服ではなく、昔ながらの木綿の筒袖姿で下駄を履いている。

「ここも鍵、掛けてんだよな。どこもかしこも鍵、鍵、鍵とは酷えなあ」

ふてくされた物言いである。

「まあ、入ってくださいな。マリーさんが持たせてくださった紅茶を淹れて、マリーさん特製のクッキーを食べましょう。チョコレート味のあのクッキー、鋼次さん、大好きだったでしょ？」

三人は母屋の厨の一角に座布団を敷いて集った。

「ここも狭えよな」

鋼次は変わらず機嫌がよくない。

「アメリカの家はさ、あーんなに広かったのによ」

「美鈴さんはどうされています？」

桂助は訊かずにはいられなかった。

何度も桂助と志保が交替で美鈴の生家の芳田屋を訪れてはいるのだが、

「今、休んでいます」

「もうそろそろ、かかりつけのお医者様がみえる頃ですから」

などと出てきた美鈴の母親に言われて門前払いを受け続けていた。

「微熱が続いてて、美鈴の親たちは労咳じゃぁねえかって、えらく心配しててさ、偉い医者の先生に診せてんだよ。俺にも付き添っててやってくれって言うんだけど、やっぱり、嫁の実家は居づらい。それでけむし長屋へ帰ろうとしたら――」

鋼次は口籠り、

「お佳ちゃんは一緒？」

すかさず志保は訊いた。

「お佳を連れて長屋へ帰ろうとしたら、お佳は美鈴のそばにやらないようにして、自分たちが可愛い孫の世話を責任もって引き受けるって言ってひかねえんだ。俺はさ、たとえ長屋暮らしでもお佳と一緒に居たかったんだけど、それを言うと、〝そもそも美鈴が病に罹ったのはアメリカなんていう、人も言葉も食べ物も何もかも違う、大変なとこへ連れて行かれて苦労したからだ、あんたが悪い、甲斐性がなさすぎる〃って両親とも、般若の顔になって責め立ててくるのさ。そこそこ人並みの暮らしになったのは相当後の方で、苦労させたのは本当だから、返す言葉がねえ。頭を下げて、芳田屋を出た」

「鋼さんのお身内にお変わりは？」

長屋で隣り合って住んでいる働きのない両親や兄弟のために、鋼次が苦しいアメリカ暮らしの中でさえも、いくばくかの金を送って世話をしてきたのを志保は知っていた。もっとも鋼次の身内は日本を出る前から、ずっと鋼次の稼ぎを当てにしてきている。

「しばらくぶりで会ったとたん、おっかさんがにゃっと笑って、さっと掌を見せたのには驚いたよ。ま、そんなもんだとは思ってたけど金の無心だ。こんなんが続いたら、ますます美鈴の家じゃ、俺を疎ましく思うだろうって思うと、金を渡して別れた後、自分も身内も情けなくて、正直泣けてきた。歯を残せる治療なんて言ってもさ、いいってわかるまでは時がかかって、今はまだ、そうそう患者が集まるわけもねえ。だからこれ」

鋼次は籠の中から房楊枝を一本抜いた。

「楊枝屋はまだまだやってられるみたいだから、取りあえずは元の房楊枝職人に戻ることにしたんだ。房楊枝作ってれば何とか、身内の分も含めて当分は糊口はしのげる。美鈴は俺んとこの嫁になったたって、俺は思ってるから、あの義両親に端金だと思われても、多少でも美鈴とお佳の食い扶持ぐれいは届けてえんだよ」

「そういう鋼次さんの気持ち、美鈴さん、きっとうれしく思っていると思うわ」

志保の言葉に、

「そうかなあ。実家で暮らし始めてからの美鈴、人が変わっちまったみてえなんだ。何人も女中がかしずいてるし、夜着まで上等な絹ものだしさ。お佳も〝わあ、こっちにも美味しいお菓子や、可愛いお人形あるのねえ〟なんて言って、横浜から取り寄せたっていうチョコレートや西洋人形に喜んでる。そんなの見てると俺と貧乏暮らしするよか、こっちの方がいいのかもしんねえなんて思っちまう」

鋼次はむっつりとした表情で応えた。どう応えたものかと、迷った志保は無言で熱い紅茶の二杯目を振る舞った。

チョコレートクッキーを摘み、紅茶を啜り終えた鋼次は、

「それじゃ、俺はそろそろ。帰って仕事をするよ」

立ち上がりかけて、

「そういえば、道でばったり金五に会ったぜ」

ふと告げた。

「まあ、金五さんと」

志保はうれしそうに目を瞠り、

「どうしていましたか？」

桂助は訊いた。

「俺に言わせりゃ、こちとらよりずーっとイキがよかったぜ。何でも少し前までは見覚えのいいってぇあいつらしい特技を生かして、失せ人探しや失せもの探しをやってて、今は邏卒になったっていう話だった。あいつも急いでたんで話らしい話はできなかったけど、桂さんたちのことは気にしてたんで、さくら坂に帰ってるって言っといた」

「今、金五さんが住んでいる場所は？　岸田様は？」

志保はつい矢継ぎ早に訊いてしまい、

「すまねえ、訊いてねえ。あっちがそれどころじゃなかったもんだから」

鋼次はぺこっと頭を下げて出て行った。

そんな金五が訪ねてきたのはそれから何日か後の八ツ時（午後二時頃）のことであった。

「桂助先生、志保さーん、こんちはー、おいらでーす、金五です、金五」

なつかしい金五の声がして志保が玄関戸を開けると、三尺（約九十センチ）棒を腰に差し、手も足も蚊とんぼのようにひょろひょろと長い、痩せぎすで長身の邏卒の制服姿の青年が立っていた。

「まあ、なつかしい」

志保は微笑んで、

「桂助さん、あなた、金五さんですよ、金五さんが来てくれました」

奥の診療室に居た桂助を呼んだ。

朝から待合室が満員になっていた患者の治療がちょうど途切れた頃合いであった。

「やあ、しばらく」

迎えた桂助は金五と母屋の座敷で向かい合った。志保は金五のために煎茶（せんちゃ）と患者からの進物品であるカステーラを用意した。

「おいら、お菓子は何でも好きだけど特にそれが大好き。志保さん、好物、覚えててくれたんだね」

金五はすっかり感激して涙ぐんだ。

「まずは食べよう」

桂助が率先して菓子楊枝を手にした。

五

「海を渡った国にはカステーラに似てるのや、それとは違うけれどとっても美味しい西洋菓子が沢山あるのよ。わたし、作り方を覚えて帰ってきたから、そのうちご披露するわね」

志保は微笑み続け、

「ん、ありがとう、楽しみにしてる」

金五は目を輝かせた。

食べ終えたところで、

「岸田様はお元気だろうか？」

桂助は訊いた。

「父上は——」

金五の顔が翳った。

「もう、いないんだよ。おいらのおとっつぁん、おっかさん、友田の旦那んとこへ行っちまったんだ」

「御病気で？」

察した桂助に、

「ん。千代田のお城の将軍様、あの豚一さんから京の天子様に代わったもんだから、おいらたち、新しいお上のお達しであの屋敷にも居られなくなった。すぐに父上は奉公人たちに話し、幾ばくかの銭を持たせて暇を出した。もう少し時があればいろんなもん、持ち出せたんだけど、ある日、夜襲をかけてくる連中がいて、〝時が変わればまあ、こんなもんだろう〟って、父上が言ってさ、命からがら屋敷を出た。冬の酷く寒い日だったな。けむし長屋に空きがなかったから、仕様がなく、おいらたち空きがあって、けむし長屋と同じぐらい店賃が安いまつむし長屋に落ち着いたんだ。おいらはまだそこに住んでるよ」

金五は話し始めた。

「あの岸田様が着の身着のままだったなんて――」

志保は信じられない、信じたくないといった表情で、首を横に振った。

「長屋に落ち着いた父上は〝湯屋の二階には将棋の名人がいると聞いている。一度、手合わせしたいものだと思っていた。夢が叶うな〟なんて言ってて、くよくよなんてしてないで、しごく明るかったんだよ。下っ引きをしてた伝手で、おいら、失せ人や失せもの探しの仕事にありついてたんで、まあ、何とか暮らせる目途もついてた。他にも、白狐の晒し飴売りの仕事なんかも声が掛かったしね。ところが、屋敷を出たのが寒い日だったでしょ？　父上はその頃流行ってた悪い流行風邪にやられて、夢だったっていう、湯屋の二階の将棋打ちも果たせないままあの世へ逝っちゃった。おいら、もっと親孝行がしたかったよ。生まれた時からの定めなんだろうけど、つくづく自分は親に縁がないんだって、寂しくてならなかった」

そこで金五はがっくりと肩を落とした。

「藤屋と岸田様が懇意なのは知っていたでしょう？　なぜ、あの屋敷からの立ち退きを命じられた時、藤屋に相談してくれなかったのですか？　報せてくれればおとっつぁんは必ず力になったと思います」

桂助は目を潤ませている。

「おいらも勧めてはみたよ。でも父上は、〝士分たるもの、始末は自分でつけるものだ。一方、時の流れに沿って生きるのが商人だ。卑しくも徳川将軍家の身近にお仕えしたこの岸田正二郎、商人の藤屋に商いに結び付かない世話などかけられるはずもなかろう。われは武士の筋を通して終わりたい〟って、断固聞かなかった——」

金五が思い出した岸田の言葉に、

——如何にも岸田様らしい——

桂助は長身痩軀で傲然と立っている岸田の姿をそこに見たような気がした。

「お弔い等はどうされました？」

志保は気になって訊いた。

「お通夜も野辺送りもおいら一人。お墓は岸田家の菩提寺に葬った。武士だった父上はおいらのおとっつぁんや、おっかさん、ばあちゃんと同じ町人の墓じゃ、嫌だろうからさ。棺桶代や墓掘り、戒名の借金が嵩んでたんで、しばらくは暮らしが大変で、仏位牌までは手が回らなかった。それでもやっと、この間作った。長屋住まいだから仏壇までは無理。おいらの身内と一緒で申しわけないけど並べて供養してる。あの世の父上、渋い顔してるかな？」

「そんなことはないでしょう。そこまでなさっていれば、岸田様はさぞかし喜ばれていることと思います」

桂助は応え、志保は、

――世が世なら金五さん、あのお屋敷に住み続けて、何不自由なく暮らせたのにこんな苦労ばかり――

目の前の青年を不憫に感じて、涙を浮かべた。

すると金五は、

「おいら、この話、したのは弔いの時に借金を頼み込んだ相手だけ。知り合いだった棺桶屋とかの連中、口を揃えて、〝女で言えばおまえ、玉の輿だったたんだろ。おまえみたいなもんが、大出世するいい機会だったのに残念だったな。死んだもんの供養までするなんて、とんだ見込み違いだったろう？　でも、まあ、そいつを長く食わせる羽目になるよりはよかったかも〟ってなこと言ったけど、おいら、どんな暮らしになっても、父上には生きててほしかったよ。父上はやっとできたおとっつぁんだったんだもん」

堪え切れなくなって、澎湃と涙が頬を伝った。

見かねた志保は、

「そうだ。たった今、金五さんが好きそうな飲み物、思いついたわ」

厨に立つと、盆にココアの入ったカップとチョコレートの小箱を載せて戻ってきた。

「さあ、どうぞ。ココアとチョコレートよ」

促された金五は恐る恐るココアを啜った。

「わっ」

あまりの旨さに金五は声を上げて、涙を途切れさせた。

「箱の中の茶色いのも食べてみて」

箱の中を見つめて金五は眉を寄せた。

「見た目がちょっと――」

「見た目はそれほどよくないけど、味は素晴らしくいいはずよ」

「それなら」

金五は摘んだチョコレートを口の中に入れた。

「わわわっ」

金五の顔に喜色が溢(あふ)れた。

「どう？　チョコレートも、さっきのココアと同じように美味しかったでしょ」

「味、似てるね」

金五は二つ目のチョコに手を伸ばした。

「ココアもチョコレートも、一年中暑いところで育つカカオという豆から作られているんですって」

「へーえ」

金五がごくりと喉を鳴らして、三つ目を摘もうかどうしようか考えあぐねていると、

「邏卒になるのは大変だという話を、一年ほど前にアメリカへ来られた方に聞いたことがあります。邏卒になっていた金五さんが誇らしいですが、なるまでにはさぞかし苦労があったのでは？」

桂助は讃えた。

「おいら元々は士族じゃないし、孤児同然だからね。なれるわけないって諦めてたんだ。そこへ父上の知り合いだっていう、偉い人がお線香をあげに訪ねてきて、どういうわけか、おいらのこと、いろいろ知ってて、いきなり東京府の邏卒にならないかって推してくれた。東京府の邏卒っていうのは、ようは昔の定町廻り同心だと思ってた。友田の旦那もそうだったよね。だから下っ引きのおいらとしては憧れで夢だった。だもんだから、おいら、受けさせてくれた邏卒の試験、走りだけは誰にも負けなかったんだ。受かった時はまず父上の位牌に報告して、その後、まっしぐらに友田の旦那の墓前まで走った。もちろん好きだった大徳利を供えて報告するためだったんだけど」

そこで金五は頬杖をついた。

「ところで邏卒ってどんな仕事をしているのかしら？」

岸田の話の時ほどではなかったが、少し浮かない顔になった金五に、志保は訊いた。

「喧嘩（けんか）や褌（ふんどし）一つで出歩いてたり、蓋のない肥溜（こえだ）めを運んでたり、偽物や腐りかけてる物を売ったり、暴走する大八車や人力車、子どもに母親がさせてることが多い往来での小便、新しく出来た往来の常灯台に悪戯（いたずら）する奴らの取り締まりだよ。お役目だってわかってるけど、〝おい、こらっ〟て、威張って、三尺棒を振り下ろすの、おいらあんまり好きじゃない。女の人が髪を伸ばしたままで結わずに切ってるのや、男女を問わず刺青（いれずみ）をしているのを叱るのも取り締まりのうちなんだけど、おいらにはできないよ。そんなに悪いことと思えないもん。そんなおいらが、なつかしく思い出すことっていえば、友田の旦那に命じられて、桂助先生の指南の下、殺しの下手人をお縄にしたこと。その時、桂助先生、おいらの見覚えがいいの、認めて褒めてくれたよね。あれ、とってもうれしかった。失せ人、失せもの探しにも、おいらの見覚えが役に立つたっていうのに、今の邏卒の仕事じゃ、からっきし活（い）かせない。それで時々、気がつくと、あーあってため息をついてる」

改めてあーあとため息をついた金五に、

「今後、わたしで役に立つことがあったら、声を掛けてください。わたしも一緒に働いたことを時折なつかしく思い出していました。友田様の供養のためにもこの手のことには力を貸したいと思っています」

桂助は告げた。

金五が飛び上がって喜んだのは言うまでもなかった。

六

「志保さんがあっちで覚えてきた西洋菓子、楽しみにまたここへ来てもいい？」

「もちろんよ」

金五を玄関まで送って戻ってきた志保は、桂助が表情を曇らせていることに気がついた。

「岸田様のことをお考えなのではありませんか？」

桂助は自分さえ近くに居たら、むざむざ死なせはしなかった、金五にもここまで、寂しい思いをさせずに済んだのではないかとたまらない気持ちになっていた。

「よくわかりましたね」

「わたしは桂助さん、いえ、あなたのことなら何でもわかるのです。支えになりたいんです」

そう応えた志保はもう新婚ではないというのに顔だけではなく耳まで赤くしていた。

「ありがとう」

桂助も頬をやや赤らめ、

「夫婦(めおと)っていいものですね」

ふと洩らして、

「心配な夫婦もいますが――」

鋼次と美鈴を案じたが、

「でも、赤い糸で結ばれているのですもの、たとえ波風の立つことはあっても、それを乗り越えれば、さらなる深くて強い絆で結ばれることができるはずです」

志保は驚くほど楽観的だった。おかげで、桂助もそれに乗って、

「赤い糸が赤い紐(ひも)になるわけですね」

茶化すことができた。

「岸田様のことも桂助さん、あなたは誤解しています。あれほど権勢を誇られた方がお屋敷を追われ長屋で亡くなられたとあっては、さぞかし無念だったに違いないと思っているのでしょう？　わたしはそうは思っていません。養子にして我が子となった金五さんに看取(みと)られて幸せだったと思います。岸田様はお役目一筋で、奥方様をお貰

いにならず、側室も持たれず、外は鋼のような強さを誇示なさっていても、反面、常に孤独の心を抱えておられたはずです。そんな岸田様にできた息子の金五さん。たとえ短い時ではあっても、あの孝行者でひょうきん、そのくせ一生懸命な金五さんのこと、岸田様の寂しい心持ちを、温かい心根で優しく包んで癒したに違いありませんから。岸田様と金五さんは本当の親子以上に絆の強い親子だったのでは？」

志保の言葉に、

——志保さんは岸田様に対する後悔の念や落ち込みから、わたしを解き放とうとしてくれている——

「なるほど」

桂助は頷いて、妻の自分への配慮を全面的に受け止めることにした。

「ああ、でも金五さんは気になるのです」

志保は案じる表情になった。

「たしかに元気すぎますね。やはり、岸田様との別れが応えているのでしょう」

桂助がさらりと返すと、

「それもありますけど——」

志保は口籠もった。

「話してください」

「これはわたしが感じた、ようは女の直感みたいなものなので――」

「よく当たるじゃないですか？」

桂助は促した。

「金五さんは父上の岸田様のことで、思い出すと涙を堪え切れないほど悲しんでいます。そして、桂助さん、あなたが承知なさって、以前のような調べができるとわかると大喜び。けれどそんなに喜んでいる時でさえ、金五さんの目、やはり悲しみに溢れてて、それでいて妙にきらきら輝いてもいるのです」

志保の観察眼に、

「すみません、それ、ちょっとどういうことなのか、わたしにはわからないのですが――」

桂助は首を傾げた。

「金五さん、どなたかのことを想い暮らしているのではないかと思います」

志保はきっぱりと言い切った。

考えてみれば金五はすでに立派な大人で、人を想うことがあっても少しもおかしくはなかった。けれども、

——岸田様、今少し長生きされて金五さんの恋路に助言をしていただきたかったですよ。朴念仁のわたしではとても無理です、とても金五さんのお役にはたてません——

すると、どこかから〝わしはもうあの世にいるゆえ、面倒は見れぬぞ。そなたもすがってきた金五を無下にはできまい。頼むぞ〟と、有無を言わせぬ岸田の声が聞こえてきたような気がした。

しかし、もとより桂助はこの手のものが得手ではなかった。

——とても期待には添えない——

困惑していると、

「恋路というのはなかなか悩み多きものですよ。幾らこちらばかり想っていてもお相手のあることですもの。いつも片想いなのじゃないかっていう、不安に駆られていたものです。結構苦しいものでした」

今でこそ、志保と桂助は人も羨むほどの鴛鴦夫婦だが、桂助が治療一筋に励んでいたこともあり、結ばれるまでには紆余曲折があれこれあった。

すると桂助はこれだと内心、両手を打ち合わせ、

「一度、あなたが金五さんに訊いてみてあげてはいかがでしょう？」

志保に軽く頭を下げて頼んだ。

「そうします」

応えた志保は半月ほど後、

「これ、間違いなく金五さん、好きなはず。出来上がったら、ここへ来てもらいましょう」

腕を揮(ふる)ってトライフルを拵(こしら)えた。

トライフルはイギリスのティータイムで供されていたお菓子で、カスタードクリームとフルーツジュースで湿らせたスポンジケーキや果物を、ガラスか陶器の器のなかで何層にも重ねたものである。

ティータイムにちなんで、〝気ままなおしゃべり〟と称されたり、残ったスポンジケーキやフルーツで作られることが多かったので〝残り物〟の意味がトライフルの名に重ねられている。アメリカでは子どものおやつか、肩の凝らない者同士の集まりによく供された。

志保流のトライフルはスポンジケーキの代わりにカステーラを使う。カステーラが充分甘いので、従来の作り方にある甘いポートワインは手元にないこともあって使わず、辛口の日本酒に浸しておく。この時季の葡萄(ぶどう)、無花果(いちじく)、柘榴(ざくろ)、柿等に、やはり従来の作り方にはあるが、ここにはないジャムはまぶさない。自然の甘味を大事にしたいのでジャム代わりの砂糖も使わない。

カスタードクリームだけは作り方通りに、鍋で合わせたバターと小麦粉を牛乳でクリーム状に伸ばして、卵の黄身を加えて練り、バニラビーンズ入りの砂糖で調味して仕上げる。

甘い花の香りは多いが、食欲をそそられる甘い香りとなると、南国で実るバニラ豆の右に出るものはない。そんなバニラ豆を乾かして、真っ黒なさやごと砂糖壺に入れて密閉し、あますところなく、その香りを砂糖に移したのがバニラビーンズ入りの砂糖であった。

――さて、お招きしなければ――

ああ、でも金五さん、今はお役目中よね。長屋へ呼びに行ってもらってもお留守でしょうし、お役目のところを来ていただくわけにはいかないし――。わたしとしたことが――。金五さんのお休みの日を聞いておくのだったわ――

志保があれこれと悩んでいると、

「おいらだよ、金五」

玄関から疾風のような勢いで金五が走り込んできた。

「ちょうどよかったわ」

志保がトライフルの話をして供そうとすると、

「ごめん、今、おいら、お役目で大変なんだ。桂助先生、いる?」

「患者さんの治療はあと五人ほどです」

「じゃ、待つよ、待たしてね」

座敷に上がった金五は、何やらこれ以上はないと思われるほど思い詰めている。それでも、

「あ、いい匂い」

厨で仕上がっているトライフルに気がついた。

厨から戻った志保はトライフルが入っているガラス鉢から、一人分を菓子皿に盛り付けて菓子楊枝と共に金五に渡した。

「少しいかが?」

「すいません」

金五は黙々とトライフルを口に運び、

「もう少しいかが?」

「ありがと」

「これには紅茶という名の向こうのお茶が合うのよ」

トライフルと紅茶を何度もお代わりしたものの、思い詰めている金五の過度の緊張は解けなかった。

「何か？」

志保はじっと金五の目を見つめた。

すると金五は、

「おいら、また、一人ぼっちになっちゃったぁ」

ぽつりと呟いて、わあわあと泣き出した。

七

診療を終えた桂助は金五が泣き止むのを待って声を掛けた。

「どうしました？」

「実はおいら、どうしても得心できない事件に行き当たったんだよ」

金五は涙を振り払って威勢よく告げた。

「ほう、どんな事件です？」

桂助は金五が泣き続けていた理由は訊かなかった。

「柳橋(やなぎばし)まで一緒に来てくれればわかる」

「それではご一緒しましょう」

「いいの？」

「昼前は急な痛みを訴える患者さん、昼過ぎは歯草(はくさ)等、急を要さない患者さんと決めて案内しています。大丈夫ですよ」

桂助は支度をして金五と共に〈いしゃ・は・くち〉を出、見送った志保は〝本日午後休診〟の木札を戸口にぶらさげるのを忘れなかった。

二人は柳橋に向かって急ぎ足になった。

「先生、前も歩くの遅くなかったけど、帰ってきてもっと速くなったね」

金五が感心すると、

「そうですか？　速足が得意になったのだとしたら、あちらでの暮らしのおかげでしょう。あちらはたいそう広いので速く歩けないと、移動だけで一日が暮れてしまい、大事な時を失ってしまいますから」

桂助は応えた。

二人の間に交わされた会話はこれだけで、黙々と早歩きを続けて柳橋に着いた。金五が足を止めたのは一軒の小ぢんまりした二階屋であった。

「前に住んでたのは大店の御隠居のお妾だっていう話だけど、今は違うんだよ」

金五は告げた。

「こっちから入って」

裏へ廻った金五は勝手口を開けて桂助を招き入れた。

家に入ったとたん、血の匂いが桂助の鼻を突いた。

「こっちだよ」

金五は二階へと続く階段を上った。桂助も続く。

血の染みた畳の上に女がうつぶせに倒れている。駆け寄った桂助は血まみれの首筋に手を当てた。

「亡くなっています」

その言葉に金五は頷くと、

「これ、先生は自死だと思う？」

真剣な面持ちで訊いてきた。

「この様子だけではわかりません」

桂助が応えると、

「よかった。おいらさ、芸者が紛らわしい死に方すると、ろくに調べないで、身の上を儚んでの自死ってことにする、上役のこのところのやり方に反対なんだ。とんだ節穴だよ」

金五は顔に喜色を浮かべた。

「金五さんはこの女と知り合いなのですか？」

「えっ？　どうしてわかったの？」

一瞬金五の目が泳いだ。

「だって、この女の仕事を知っているようでしたから」

「ああ、それでだね。けむし長屋に越してくる前の幼馴染みでその時の名はおうめちゃん。おうめちゃんはね、奉公人が二十人も居た生糸問屋の娘で何不自由なく育ったんだよ。おいらは両親が死んじゃって、長屋暮らしだったけど、おうめちゃんはさ、道楽息子で跡取りだった弟が騙されて、店を取られそうになったんで、泣く泣く借金のかたに芸者になったんだ。そんなことまでしたのに、弟の遊び癖はなおらず、とうとう生糸問屋は潰れちゃって、両親も立て続いて流行病で死んじゃった。おいらたち、一生会わずに終わっても不思議はなかったんだけど、往来を歩いてて、たまたまおうめちゃんの方からおいらを見つけてくれた。それ以来、互いに気に掛け合ってるんだ。

なんせ似たような苦労してるじゃない？　おいらたち」

「なるほど」

合点した桂助は、

「それでは近頃のおうめさんについて知っていることを話してください」

金五を促した。

「おうめちゃんはね。小梅って名でお座敷に出るようになって、柳橋きっての売れっ子芸者になったんだ。死に顔だってこんなに綺麗なんだから、生きてる時は本当に別嬪だったんだよ。その上に踊りや謡い、三味線等の芸事にも秀でてた。三味線といえばおうめちゃんは左利きをなおさずに、三味線を弾いてた。これも面白い芸者の芸だってことになって評判になってた」

「するとこれはおかしいですね」

桂助はおうめの右手が握っている短刀を見た。

「左利きなら左手に持って自死するのでは？」

「たしかにそうだね」

「首の刺し傷は左側です。絶対できないとは言い切れませんが、利き手ではない右手で左の首を突くのはかなりむずかしいでしょう」

「ということは、おうめちゃんは殺された？」

金五は身を乗り出した。

「その可能性が出てきました。おうめさんがお金を貸していて、返してもらっていない相手とか、もしくは恨み等のよくない感情を抱いていた人に心当たりはありませんか？」

「おうめちゃんは実家の店を食い潰した張本人、道楽者の弟に始終、小遣いをせびられてたよ」

「だとすると弟は下手人ではあり得ません。金のなる木を枯らしてしまっては小遣いをせびれませんから。他には？　これだけ綺麗な方だと、仕事柄もあって、言い寄られて困っているようなことがあるのでは？」

「料亭で芸者を上げるような人たちは、相手が困るような無粋なやり口はしないよ。ああ、でも——」

「思い当たりましたか？」

「ん、でも、まさか——」

首を傾げつつ、金五は部屋の隅へと目を向けた。

「あれって——」

　金五は長い身体を折り曲げて部屋の隅に落ちていた金ボタンを取り上げ、

「あいつのかも」

　じっと眺めている。

「さすが、一度目にしたものは忘れない金五さんの面目躍如ですね。いったい、どなたのものなのです？」

「お役人で、たしか、おうめちゃん、小野法文(おののりふみ)さんって言ってた。一度上の人に連れられてお座敷に上がってくれたのはいいけど、しつこく付きまとってくるんだって、おうめちゃん迷惑がってたよ。いつだったか、そいつに尾行(つけ)られて困っているおうめちゃんを、おいらと約束してたことにして助けたんだ。そん時、こいつがこの金ボタンの付いた上着を着てるのを見た。絶対忘れてない」

「小野法文さん、どんな方です？」

「おいらが調べたとこじゃ、文部省の三等書記官。出世の望みはあるだろうけど、まだ若いし所帯持ちだし、いくら一目惚(ひとめぼ)れしたからって、始終付きまとうのはどうかと思ってた」

　そう告げて金五は金ボタンを桂助に渡した。

「これでいいよねっ、小野って奴を殺しの疑いで引っ立てられるよね」

念を押した金五の声は弾んでいる。

「まあ、むずかしいところですね」

桂助はおうめの骸の横に座ったまま、立ち上がろうとしない。

「先生は小野が下手人じゃないって言うの？」

金五は憮然とした。

「金五さんに、小野さんがおうめさんを手に掛けた理由と様子を推測してもらいたいです」

「そんなの決まってるじゃない、身勝手な片想いだよ、片想い。おうめちゃんがてんで相手にしないもんだから、可愛さ余って憎さ百倍ってことになって、とうとうここへ押しかけてきたのさ。それでもおうめちゃんは言うことを聞かないもんだから、ずぶっと短刀を突き立てた」

金五は身ぶり手ぶりで精一杯、小野法文のおうめ殺しを演じて見せた。

「短刀ですか――」

桂助はおうめの右手から短刀を取り上げて、

「これは女物のようです」

柄の絵柄を示した。

「近頃はどこの家でも鍵をかけるほど物騒だから、おうめちゃんも用心してここへ短刀を置いていたんだ、断られ続けてかっとなった小野はそれを見つけて、そして――きっと」

「なるほど、なるほど」

頷いた桂助は、

「これで短刀の件はわかりました。ですが、金五さんのお話ですと、相当におうめさんは抵抗したはずです。しかし、それにしては着ているものや髪、裾までも一切乱れがありません。これはどうしてなのか――」

桂助は頰杖をついた。

「そ、それは気丈なおうめちゃんらしく、覚悟を決めたのだと思うな」

「覚悟を決めたというのは、ここで、小野という役人に想いを遂げさせてやるということでよろしいですか？」

「お、おうめちゃんに限ってそんなことあるもんか」

「だとするとこうです。おうめさんは押しかけてきた小野さん相手に短刀は手にしたものの、すぐに奪われてしまい、あっさりと首を刺されて殺されてしまった。けれども、これでは、おうめさんに想いを募らせていた小野さんの行いの説明がつきません。

間違いは許されないお役人の身で、押しかけてくるぐらいですから、せめて、殺す前におうめさんを我が物とするのでは？」

「そ、そんな女じゃない、おうめちゃんは」

金五は怒鳴ったが、

「わたしが話しているのはおうめさんのことではなく、小野さんについてです」

あくまで平静な桂助は文机の上をちらと見た。一輪の赤いバラの花が白い陶器の一輪挿しに活けられている。微かではあるが芳香を醸していた。文机には他に何も載っていない。

桂助は立ち上がって箪笥の引き出し、押し入れと次々に開けていった。引き出しはどの段もきちんと着物が畳まれて整理されている。押し入れは布団が一組重ねられているだけだった。

「ここはおうめさんの部屋でしょう？　文机の上に硯や墨、筆がないのはともかく、芸者さんなら欠かさず持っている三味線まで、どこにも見当たらないのはおかしなことです」

さらりと鋭く指摘して、

「確かめておきたいことがあります」

階下へと階段を下り、少し経って戻ってきた。

八

「階下を探しましたが、三味線は見つかりませんでした」

桂助は告げたが金五は押し黙っている。

「それと——」

再び桂助は亡くなっているおうめの横に座った。

「おうめさんはこの国ではまだ珍しいバラの絵柄の浴衣を着ています。ですが、殺された時にこれを着ていたとは思えません。少しの間、御無礼いたします」

桂助はそう告げておうめの骸に手を合わせると仰向けにした。

「このように骸の下の畳は血まみれです。首を刺されたおうめさんがうつぶせに倒れたなら、浴衣の特に首に近い、帯より上には多量の血が付いているはずです。ところがごく少量しか付いていません。おうめさんは亡くなってしばらくしてから、着替えさせられたのだと思います。金五さん、あなたがおうめさんの骸を見つけた時のことを話してください」

桂助は金五を見据えた。

「おいら、市中の見廻りでこの近くまで来た時は、時々おうめちゃんのところへ立ち寄るんだ。思い出話ができておうめちゃんも喜んでくれてた。今日もそうだったんだけど、いくら戸口で呼んでも出て来ない。それで縁側から呼んだけどやっぱり出て来ない。気になって二階のおうめちゃんの部屋へ上がったらこの通り――」

金五はすらすらと応え、

「おうめさんはバラの絵柄の浴衣を着て死んでいたと？」

桂助は念を押した。

「そうだよ、そうに決まってるだろ」

金五は仏頂面になった。

「ならばお訊きしますが、階下の縁先の様子に何か気づいたことはありませんでしたか？」

「別に」

「先ほど座敷の縁先の土の色が変わっているのを見ました。あれは最近掘られた跡です。金五さんならとっくに調べて気づいていたはずですよ」

「殺されたのがおうめちゃんだったんで、おいら、それどころじゃなかったんだよ。

何せ、身寄りのないおいらにとっちゃ、大事な友達だったんだもん。幼馴染みだった頃は冗談で、〝おうめちゃんを嫁にする〟、〝金五さんとあたしは赤い糸で結ばれてるのよね〟なんて言い合ってたし、正直、おいら、今も多少はおうめちゃんのこと好いてたよ」

金五の頬がほんのりと染まった。

「好いていたのは多少ですか？」

「そりゃ、そうでしょ。今のおいらにおうめちゃんを落籍せて嫁にする力なんてないもん」

「なるほど。それではわたしはこれから縁先の土の色が変わっている場所を掘ります」

そう言い切って、桂助が階段を下りかけると、

「おうめちゃん、信心深くて優しかったから、飼ってて死んだ金魚でも埋めたんじゃないかな。そんな話、前に聞いたことある。掘るだけ無駄だよ、きっと」

金五は止めた。

「金魚のお墓にしては広く土の色が変わってました。殺しなら何か出てきて、下手人の手がかりが摑めるかもしれません。掘ってみます」

桂助は譲らず、

「わかった、おいらも手伝うよ」

金五も立ち上がって階段を下りた。

ほどなくして、二人は掬鍬（すくいぐわ）（シャベル）を手にして土の色の変わった場所で向かい合った。掘り起こした土を戻して埋めたばかりのようで、土は柔らかで掬鍬がすいすいと動く。

おうめの部屋から失われていた硯、墨、筆と三味線だけではなく、血に染まった麻の白無垢（しろむく）、そして一通の文が掘り進んだ穴の中から見つかった。

「どれもおうめさんのものですね」

応える代わりに金五はこくりと頷いた。

「まずはこれらの物の全てが、金五さんが下手人だと疑っている小野法文さんが仕組んだこと、穴を掘って始末したのだと見做（みな）してみましょう。まずは左利きの三味線弾きだったおうめさんの三味線。これは左利き用に作られていたはずのものです。小野さんが熱心に付きまとっていたのだとしたら、この事実も知っていたはずです。知っていてわざと右手に短刀を握らせたのは、自分以外の者に罪を着せるためだと考えられます。これで押し込みの盗人（ぬすっと）の仕業に見せるつもりだったと。ここまではいいですね？」

　桂助の念押しに、

「ん、まあ」

　金五は短く応えた。

「次に血まみれの麻の白無垢です。おうめさんはこの麻の白無垢姿で死んだ後、バラの絵柄の浴衣に着替えさせられたのだと思います。そんなことをする必要が小野さんにあったかどうか――。百歩譲って考えてみました。血まみれの麻の白無垢からバラの絵柄の浴衣に着替えさせたのは、小野さんがおうめさんを熱愛したあまり、激情に駆られて殺してしまった後、悔いて、人としての良心に突き動かされてのことだとも考えられます。あるいは常に美しかったおうめさんを血が汚しているように見えて、このようにしなければ堪（たま）らない気持ちになったのかもしれません。違いますか？」

　訊かれた金五は応えなかった。

「硯、墨、筆の謎が最後になりました。こればかりはどう譲っても、小野さんが、なぜ三味線や麻の白無垢と一緒に埋めて隠したのか、皆目理由がわかりません。硯、墨、筆と関わりがあるのは小野さんではなく、これではないかと思います」

　桂助は手にしていた文を開いて中を読んだ。文には以下のようにあった。

わたし、小梅ことおうめは道楽が過ぎた跡取り息子の弟仙太のせいで、急速に傾きかけた実家を助けるためにと芸者になりました。

一流の芸者になりさえすれば、何とか救いの道は見えてくるかもしれないと、わたしは懸命に芸事に励みましたが、芸者は芸だけで糊口を凌げるものではありません。お金持ちの旦那衆やお偉いお役人様のお相手をいたしました。

けれども、博打好きの弟仙太は少しも行いを改めず、権現様の代から続いた生糸屋長田屋は潰れてしまい、失意と絶望の淵を彷徨いつつ、両親は病に身を差し出すかのように死にました。

もとより、自分のために選んだ生き方ではないので、このまま生きているのが嫌になりかけていました。そんなある時、小野法文様が上の方と一緒にお座敷においでになり、わたしたちは初めて会った時から想い合うようになりました。

お百姓の生まれながら、頭の良さを買われた小野様は、養子の将来に望みをかけて商いを広げようとしている大商人の養子になり、文部省のお役人となり、有力なお方のお嬢様と夫婦になっていたのです。けれども、何かにつけて家の力を誇示する奥様とは冷たい間柄が続いているのだとか――。

わたしたちは忍び合う仲でしたが、しばらくは極楽のような蜜月が続きました。ところが半年ほど前、弟の仙太がわたしたちのことを知ったのです。それまでも、お金に困ると、わたしに小遣いをせびる日々でしたが、この秘密を知って、小野さんに掛け合えばもっと多額のお金を出させることができると脅してきました。以来わたしは仕方なく言われるままに弟にお金を渡してきました。その分、お金持ちや身分のある方々とのおつきあいが増えて、これを小野さんには隠さなければならず、辛く苦しい毎日でした。

そんなある日、こうしたおつきあいの寝物語の折、お相手の方から小野さんが大出世されると耳にしました。どうやら、奥様のお実家のお父様の力のようでした。たしかに婿の出世は娘の幸せです。

わたしに話してくださったお方は、もちろん、わたしたちのことは何も知らないわけですので、小指を立てて、〝女の問題は大丈夫かな、とかく人事はその手のもので流れることもある〟と小野さんの身辺のことを案じていました。

そこまで知ってしまっても、わたしはすぐには身を引くことができませんでした。小野さんのいないこの世になどもう未練がなかったからです。小野さんと逢える時があるからこそ、生きていられると思っていました。

けれども、それから段々に小野さんはわたしから離れて行きました。幾ら待ちわびても待ち合わせの場所が書かれた文が届かなくなったのです。

そして、いよいよ、愛しい愛しいあの男から、〝折入って話があるから、明日の夜半、必ず訪ねる〟との文が来たのです。

小野さんがわたしに別れを告げようとしているとすぐわかりました。愛する小野さんから別れを告げられる前に死のうと決意したのはこの時です。そうすればもう、小野さんに迷惑がかかる心配もなくなります。わたし自身も未練の炎に焼かれ続けたり、弟に脅されたりもしなくなるのです。訪れた小野さんに、別れたくないなんぞと言い張って、見苦しい様子を見せることもないのです。

今、文を読み返していて、いっそ破り捨てようかと思いました。この文が小野さんを脅かすものにならないとも限らないからです。けれども、やはりここで命を絶つに際して、自分の生きた証は残しておきたい、誰かにわかってもらいたいと思うのです。それで誰に託したものか、迷っていましたが、女たちが上客の奪い合いで競い合う、この花柳界で真の友達はできませんでした。わたしの唯一の友達は幼馴染みの金五さんです。

金五さんのほかに、小梅ことおうめだったわたしの苦しい事情や気持ちをわかってくれる人はいないはずです。

金五さん、よろしくお願いします。できればこの文、読んだ後は焼き捨ててください。

うめ

金五様

「金五さんはこのおうめさんからの文をすでに読んでいたのでしょう？」

桂助は穏やかに訊いた。

「ご、ごめん、お、おいら、先生に嘘ついてた」

金五は土の上にへたり込んだ。

「す、すいません、この通りです」

両手をついて頭を土にこすりつけた。

「謝るのはいいから、どうしてこんなことをしたのか、話してください」

桂助は促した。

「わかった、正直に言うよ。長い間会わなかったおうめちゃんと会えてからというもの、おいら、すっかりおうめちゃんに夢中になっちゃったんだ。芸者、辞めてもらって夫婦になる夢を見てた。でも、それ、おいらの稼ぎじゃとても無理だよね。それでもその夢、捨てられなかった。昨日の夜、会いたいって、おうめちゃんの方から伝えてきたんで、おいら、思い切って気持ちを伝えるつもりだった。父上にもしもの時に金子に替えろって言われて渡されてた、金細工の根付が幾つかあって、骨董屋に見てもらったら思いもかけない高値がついた。それと、おいらはひょろひょろしてる見かけほど柔じゃないから、結構きつい働きもできる。そう忙しくない邏卒で昼間働いて、夜は急ぎの人夫仕事だっておちゃのこさ。根付とおいらの仕事っぷりを合わせれば、何とか、おうめちゃんを嫁にできるんじゃないかって気がしてきて、言われた通りの刻限に立ち寄った。一輪しか買えなかったけど、いつものバラの花を持って――」

「おうめさんの家の近くまで来て、慌てて家から出てきた先客の小野さんとすれ違いましたね」

「ん。小野とはたった一度だけど、おうめちゃんと歩いてるところを見たことがあったんだ。おうめちゃんは幸せそうだったけど、小野の方は誰かに見られてるんじゃないかって、きょろきょろ落ち着かなかった。昨日の夜、おうめちゃんの家から出て来た小野の奴、よほど急いでたらしく、やみくもに走っておいらにぶつかった。おいらが拾った金ボタンはその時、奴が落としたものだよ」

「その後、あなたはおうめさんの変わり果てた姿を見て、遺書も読んだのですね」

「おうめちゃんがおいらに遺書を遺してくれたのはうれしかったけど、女房がいるのにおうめちゃんをその気にさせて、出世のために捨てようとしてた、小野って奴の身勝手さが許せなかった。それでおうめちゃんは自死じゃなくて、小野が殺したってことにしたくて細工したんだ。偶然、小野が落とした金ボタンも拾ってたし、硯や墨、筆や遺書はなかったことにするため、短刀を左手から右手に握り直させたのは、桂助先生に話した通り、小野はしつこく付きまとっていただけで、深い仲ではなかったことにしたかったから。左利き用の三味線を埋めたのも、これさえなきゃ、おうめちゃんの自死は見破られないと思ったんだ」

「そして血まみれの麻の白無垢をバラの絵柄の浴衣に替えたのは、自死の事実を封印するためだけではなく、金五さんのおうめさんを想う気持ちのあらわれですね」

「ん。おいら、おうめちゃんが麻の白無垢で死んでたの、文には書いてなかったけど、小野の奴とせめてあの世で結ばれることを祈ってのことじゃないかって、ちょっと妬けたんだ。それもあっておうめちゃんが好きだった、バラの絵柄の浴衣に着替えさせた。でも、今はほんとにおいらがおうめちゃんのことを好きだったんなら、あのままにしといた方がよかったのかもしれないと思ってる」

「あなたの気持ちはよくわかります。けれども、あなたは間違っていますよ。金五さん」

桂助の言葉に金五はドキッとした。

「本気で小野さんという男に濡れ衣を着せようと思ったのですか」

「小野がお縄になればいいとは思った。で、いざとなったら、先生がやったように、おいらが上役に説明して小野は下手人じゃない、おうめちゃんは殺されたんじゃない、自死だと言えばいいって」

「上役は節穴だと言ったのはあなたですよ。そんな上役があなたの意見を一蹴したらどうするのです？」

「そんな、そんな。そしたら、先生が——」

「勝手なことを言うんじゃない」

今まで見せたことのない桂助の勢いに金五はぶるぶる震えだした。

「濡れ衣を着せられた小野さんが死罪になったらどうするのですか？　償えるのですか？」

金五は自分のやったことの恐ろしさに震えが止まらなくなった。

「金五さん、あなたがそんなことになっても平然としていられる人ではないことは知っています。また、あなたが本気で小野さんに濡れ衣を着せようとしたのではないことも分かっています。上役はいうまでもなく、わたし以外の誰にもおうめさんの亡くなったことを報せていないことがなによりその証です」

桂助は優しく金五を見つめた。

「先生、おいらどうしよう。どうしたらいいんだろう」

「厳しいことを言うようですが、包み隠さず正直に上役に申し上げるしかないのでは？」

「えっ。そんな。少しは小野を痛い目に合わせてからでも──」

「まだそんなことを」

桂助は前に増して声を荒らげた。

「わかった、わかったよ。邏卒を馘になるだろうけどそれはそれで仕方ないね」

金五の顔に明るさが戻った。

「おいらが桂助先生にここへ来てもらったの、おうめちゃんの死んだことを殺しにしたかったんじゃなくて、おいらの細工を先生に見破ってもらいたかったからかもしれない──。そうすれば、自分の気持ちにケリがつくって思っていたのかもしれない。

でももう二度とこんなことはしない」

「約束ですよ」

「うん、約束する。これから上役に報せに行く」

桂助と金五はこの日初めて微笑み合った。


金五が正直にありのままを上役に報せたものの、上役たちは政府の役人の醜聞が表沙汰になるのを恐れ、小梅は世をはかなんだ自死とされ、金五にも何の処罰も下されなかった。ようは、口外しない代わりに邏卒を続けさせ、金五を監視下に置きたかったのだった。監督責任が問われるのを嫌う、基盤が脆弱(ぜいじゃく)な者たちが考えそうなことだった。もっとも、桂助はそこまで思い至っていたわけではなかったし、金五は正直は善いことだとしか思っていない。


何日かして、邏卒のお役目から家に帰り着いた金五は、油障子を開けたとたん、

「おうめちゃん」

思わず叫んだ。

おうめが好きだったバラの香りが馥郁(ふくいく)と漂っていたからであった。

竈（かまど）の上に匂い袋に似て非なる、やや大き目の絹で出来た小袋が載せられている。えも言われぬ芳香はその深紅の袋から漂ってきている。その袋に触れるとかさこそと乾いた花弁の音がした。なぜか、金五はおうめと交わした会話を多数思い出した。不思議なことに悲しみに襲われるようなことはなく、むしろ幸せな気分に包まれた。

深紅の小袋には以下のような文が添えられていた。

桂助さんからお話を聞きました。
おうめさんの好きだったバラの香りが、金五さんの心の糧（かて）になればと思います。

志保

金五様

第三話　彼岸花

一

桂助(けいすけ)たちが帰国した年は、長月も半ばを過ぎてもむし暑く涼風が吹かなかった。常の年と比較にならないほどの蚊が飛んでいる。ほんの少しの間の玄関戸の開け閉めの時にも、蚊は素早く侵入してくる。

「こんなこと、以前にあったかしら？」

志保(しほ)は悲鳴を上げた。

主に河川や藪(やぶ)の中で発生し、人や生きものの血を吸って繁殖する蚊は瘧(おこり)（マラリア）といわれる重篤な熱病の元凶である。

瘧に罹(かか)ると頭痛、発熱、悪寒と震えをきたす。発汗と共に解熱治癒へ向かうが、高熱が続き過ぎると命を落とすことが多々あった。

当初、志保は道端で摘んだ蓬(よもぎ)を二日ほど干し、〈いしゃ・は・くち〉の待合室に長火鉢を移して、この蓬を燃やし続けていた。乾いた蓬に火を点(つ)けると、蚊を近寄らせない煙が立ち上がる。しかし、あっという間に蓬は燃え尽き、すぐに煙は消えてしまう。

「こうなったらもう、九月蚊帳しかないでしょう？　お待たせしている患者さんたちに、少し窮屈な思いをさせてしまうけれど、蚊に刺されて瘧に罹るよりはいいはずですから」

志保は待合室に蚊が飛び交わないよう、待合室に九月蚊帳を張ることにした。

九月に入っても蚊から身を守るための蚊帳が必要な場合、吊った蚊帳の四隅に雁の絵を描いた紙札を結びつける風習がある。これが九月蚊帳と称される。雁の絵が描かれるのは、雁の渡ってくる頃には蚊がいなくなるので、早くその時季が来るようにとの祈願であった。

そんなある日の午後、診療の切れ目である八ツ時に入れ歯師の本橋十吾が、愛犬の寒梅を連れて〈いしゃ・は・くち〉を訪れた。紀州犬の雌である寒梅は飼い主に捨てられて、寺の境内で悪童たちに虐められているところを本橋に助けられて以来、ずっとこの恩人に連れ添っている。

「お久しぶりです。お帰りになったと聞いていた上、お仕事までいただいておりましたのに、ご挨拶が遅れてすみませんでした」

本橋は深く頭を垂れた。

「まあまあ、頭を上げてください。こちらこそご多忙中、急でご無理なお願いを受けていただきこの通りです」

　桂助も頭を下げた。帰国して早々、桂助は積年の歯草により、とうとう全ての歯を失ったある患者のために、本橋に入れ歯の注文をしたばかりであった。

　元仏師の本橋は緻密な作業が要求される入れ歯師の仕事に長じていて、今はもう休む暇もないほどの依頼を受けている。

「何をおっしゃいます。あの時あなたにこの犬と引き合わされていなければ、今のわたしはありません」

　本橋は目を潤ませた。

　寺の境内で苦しんでいたのは寒梅だけではなかった。元武士の本橋にはやむにやまれぬ事情とはいえ、友人を斬り殺して脱藩した過去があった。入れ歯師として生きてきたが、国元のその後の事情を知り、生き迷い、楽になりたい一心で、桂助と出会った時は自死を考えていた。桂助はそれを察して、本橋に生きる道を示唆したのだった。

　以来、桂助が患者の希望に応じて、入れ歯師本橋十吾に入れ歯の注文をするという、治療の絆で結ばれてきた。

　そんな本橋は、多くの人たちが痛みから解放される口中治療を旨としている、大恩人桂助に倣って、入れ歯の代金は格安にしていた。とはいえ、やはり入れ歯を注文できる患者たちはそこそこ富裕ではあったが――。

「どうぞ」

志保が葡萄の実が入ったゼリーと紅茶を運んできた。

「これが噂に聞く西洋の茶、紅茶ですね」

本橋は紅茶を啜り、木匙で葡萄ゼリーを食した。

「寒梅にもお相伴させていただきます」

本橋は葡萄ゼリーをひと匙掬って寒梅の鼻先へ嗅がせたが、寒梅はふんとばかりに横を向いてしまった。

「どうやら、お気に召さないようですね。それではこれは如何？」

苦笑した志保はゼリー型ではなく、寒天で冷やし固めて切り分けた葡萄かんを皿に載せて寒梅の前に置いた。寒梅はふんふんと嗅ぐとぱくりと一飲みにした。

「やはり、前から食べ慣れているものの方がいいのですね」

志保の言葉に、

「あれ、まさかこれとあれ、違うものなのですか？」

本橋は目を丸くした。

「本橋様、こちらも召し上がってください」

志保は葡萄かんを勧めた。一口食べて、

「ああ、たしかに違いますね。こちらは昔いただいてたいそう美味しかったです。ただし中身は葡萄ではなく、時季の甘くて美味しい瓜の金まくわでしたが。わたしも寒梅同様、こちらの方が——あ、いけないっ、申しわけございません、勝手なことを申しました」

またしても頭を下げそうになったのを、

「よろしいのです。実は花の形の方はゼリーと言って、海の向こうでわたしたちが食べていたものです。これにはゼラチンと呼ばれる鯨などの生き物の骨を長時間煮沸して得たものを使っています。四角い葡萄かんはところ天でお馴染みの寒天で固めています。あちらに居る間、寒天とは御無沙汰でした。味の違いはどうなのだろうかと、ふと面白く思ったので、志保さんに両方拵えてもらったのです。そんなわけですから、どうか、お気になさらないでください」

桂助は微笑んで止めて、

「ゼリーとかん、ゼラチンと寒天を比べているうちに、あなたがここへおいでになってこれらを食されたのも、何かの縁のような気がしてきました。実は今後の入れ歯、入れ歯の先行きについて、あなたの意見を聞きたいと思っておりました。今、伺ってもよろしいでしょうか？」

　さりげなく切り出した。

「もちろんです」

　大きく頷いた本橋は、

「アメリカと言わず西洋では、失われた前歯をあると見せかける、スプリングと言われるバネ式の入れ歯、噛むことのできない、義眼同様の代物が長きに渉って使われてきたと聞いています。わたしは一分の狂いなく口中に嵌って、噛むことのできる木床義歯が最高の入れ歯だと思っています。これは日本が誇るべきすぐれた技です。何しろ、江戸開府より遥か前、武将たちが戦乱に明け暮れている頃から作られてきているのですから」

　幾分気色ばんで胸を張った。

「たしかにその通りです。けれども、西洋の入れ歯事情も遅ればせながら変わってきているのです。画期的だったのは硫化ゴムの発明でした。生ゴムに硫黄を混ぜて高温高圧にすると固い硫化ゴムになるのです。これが十七年ほど前に特許化され、アメリカの歯科医たちは高い使用料を払ってこれを使い、ゴム床入れ歯に役立ててきました」

「そのゴム床入れ歯はちゃんと噛めるのでしょうか？」

「入れ歯の真髄である吸着性が指摘されるようになり、以前の見せかけのスプリング式は今やもう廃れています。ただし、ざっと噛める程度のものです。とにかく型のとり方が精密ではなく、不正確なのです。そこで入れ歯が落ちないよう、補助的に吸着盤や吸着腔が用いられていました。しかし、時にこの吸着盤や吸着腔が災いして口中に炎症が起きて、重症化することがあるのです」

「ということは、まだまだ、全然、こちらの木床義歯は廃れませんね。入れ歯の歯がすり減れば、釘を打ち直す技もこちらにはあるのですから」

本橋の語気はやや荒かった。

「なるほど。けれどもわたしはアメリカの歯科医たちが日本では抜いていた歯を、正確で綿密な根の治療を経て保存する術を目の当たりにしました。いずれ、ここまでの熱心さを入れ歯にも向けるようになると思います。あるいはもう、素晴らしい木床義歯の技が、日本を訪れているアメリカ人歯科医の目に止まっているかもしれません。月日はかかるでしょうが、高すぎる硫化ゴムの特許料が安くなる日も来ることでしょう。そうなればきっと、吸着盤や吸着腔が不要のゴム床入れ歯が主流になることと思います」

「まさかあなたは木床義歯がいつか廃(すた)れるとでも？　あなたはそうなることを望んでいる？」

本橋は憤怒(ふんぬ)の面持ちを隠せなかった。

「柘植(つげ)を用いる等、木床義歯は床の素材が限定されすぎるのです。それもどこにでもある柘植の木では思わしくなくて、一級品でなければ、あなたのように名人と言われている入れ歯師は得心が行かないでしょう。今までのように高い入れ歯が富裕層だけの特権であれば、木床義歯の注文数は限られているのでこれも問題ありません。一方、ゴム床入れ歯の最大の利点は入れ歯の質が均一に仕上げられることです。ゴム床入れ歯の方はまだこちらへ硫化ゴムが入ってきていません。これが、こちらへ届くようになれば、当初は木床義歯より高額で木床よりも細工がしにくいとあっても、いずれゴム床入れ歯は木床義歯にとって代わることになるでしょう。わたしはあなたに、名人技の木床義歯だけではなく、ゴム床入れ歯も手掛けてほしいと思っています。温故知新の心がけです。また、これは富裕層に限ることなく、一人でも多くの歯無しの患者さんを救うためです。わたしは歯は口中の内臓だと思っています。残っている歯の数が多ければ多いほど長生きができるのですから――」

桂助は切々と説いた。

二

「貴重なお話をありがとうございました。正直、動揺しています。これから入れ歯師としてどう入れ歯と向き合っていくか、考えてみたいと思います。どうか、しばし時をいただけませんか？」

　本橋に乞われて、

「もちろんです。先ほど申し上げたように、そもそも今はまだ硫化ゴムは輸入されていない状況ですし、ゆっくり答を出してください」

　頷いた桂助は、

「ところであなたがここを訪れてくださったのは、帰国したわたしたちと旧交を温めるためだったのでしょうか？　御挨拶ならこちらがそちらへ伺うのが筋でした。申しわけありません」

　相手の訪問の真意を探った。

「さすが桂助先生ですな、敵いません」

　本橋はぽんと一つ掌で自分の額を叩いて、

「実はどうにもおかしな相談なのです。家族はこの犬だけなので、このところ、毎日、寒梅相手におかしな相談をしています。寒梅も呆れてわたしの話が始まるとしばらくは聞いてくれているのですが、そのうちあくびをして、うたた寝してしまう始末です。呆れている寒梅の目は〝いっそ、桂助先生に話してみては？〟と言っているように見えました。なあ、寒梅」

寒梅の顎の下を撫でた。気持ちよく撫でられて相づちを求められた寒梅は、ごくごく控え目にワンと吠えた。

「そのお話、どうかお聞かせください」

桂助は本橋を促した。

「上野に佐野屋玄兵衛という大きな質屋の主がおりました。おりましたというのは、つい先だって亡くなったのです。わたしはこの佐野屋玄兵衛に日本一の贅を尽くした入れ歯を頼まれておりました」

本橋は浮かない顔で佐野屋玄兵衛の名を口にした。

「佐野屋玄兵衛さん、どんな方だったのです？」

「亡くなった方のことはあまり悪く言いたくはないのですが、佐野屋がここまでのしあがったのはお上が裁くことのできない悪行によるものです。佐野屋は同業者の前ではいい顔をしつつ、陰では払えないほどの借金を背負わせたりしていました。例えば、まずは手下に大名家から出た骨董品や高価な着物等の金目のものを質屋へ預けさせます。その後、受け出しに行く時に、色が剝げたの、汚れたのと難癖をつけ、店前で暴れるのです。そして、これ以上評判を落としたくなければと詰め寄って、法外な金を求めるのです。もちろんそこで佐野屋さんが出ていって、同業者のよしみだからと言って、店ごと買い取るのです。こうしたやり方を狙った相手ごとに少しずつ変えて、佐野屋さんは小さな質屋を我が物としてきたのです」

「そんな方だと知っていて本橋さんは入れ歯作りを引き受けたのですか？　らしくないように思えます」

　桂助は率直な思いをぶつけた。

「若くして歯を失う質を代々受け継いでいて、大殿様の頃から贔屓にしてくださっている、さる元大名家から頼まれたのです。佐野屋さんが亡くなって、元江戸家老がやっと重い口を開いてくれました。佐野屋さんは元大名家のお殿様さえ、〝本橋十吾に入れ歯を頼んでくれなければ、蔵にある骨董は全部まがい物だと言いたてる〟と脅していたのだそうです」

「それだけですか？」

桂助は本橋を直視した。

「それが――」

本橋はがっくりと頭（こうべ）を垂れて、

「金に目が眩（くら）んだのではありません。けれども、いい素材を見つけて仕入れるのには、やはり相応のお金がかかります。今にして思えば、あんなこと、頼まれてもしなければよかったのです」

悲痛な声を出した。

「あんなこととは？」

桂助は追求した。

「昔々の木床義歯は歯茎に当たる床の部分も歯も全て木です。時を経るにつれて、歯は歯らしくと、蝋石（ろうせき）、大型魚の骨、象牙等を歯の形にして寄木細工のように木床に嵌め込むようになりました。蝋石はそこそこ安価ですが、海を渡ってくる象牙ともなりますと高額です。どれを選ぶかは頼まれる方々の懐具合とご相談ということになります。佐野屋さんは極上の象牙の歯でも気に入らなかったのです」

そこで本橋は躊躇（ちゅうちょ）のあまり言葉を止めた。

「人の歯が御所望だったのでしょうか？」

桂助の指摘に本橋は青ざめながら頷いた。

「それも若く、お歯黒に染まっていない真っ白な女の歯で揃えたいとのことでした」

お歯黒は粥と麹に錆びた古釘を入れて発酵させた鉄漿水（酢酸第一鉄の溶液）と五倍子（タンニン）を交互に羽楊枝で歯に塗り付ける、既婚女性ならではの化粧法であったが、今風ではなくなりつつあった。

「佐野屋さんの注文はむずかしいものでした。女の人の嫁入りは早く、まだまだ歯を黒く染めている女は多いです。となると佐野屋さんの求める歯は、数少ない嫁入り前の娘の歯に限られます。窮していたとしても、伸びてくる髪の毛は売っても、二度と生えては来ない歯を全部売るような娘はまずおりません。身体を売るのと歯を売るのとでは、どちらがましかと問われてもわたしは答えられません」

本橋は絶句した。

「それで？」

桂助は容赦なく先を急いだ。

「大道芸を生業にしている人たちから、妙技で抜いた歯を安くゆずり受けようとしましたが、嫁入り前の娘で歯草や虫歯で抜歯する例はなく、困りました。そこで、死者の歯を用いることを思いつきました」

本橋は絞り出すような声で告げた。

「なるほど。しかし、刑死者や市中の行き倒れの骸を集めて、試し斬りや薬等に役立てた後、手厚く葬る仕事はもうなくなっていると聞きました。どうやって死者の歯を手に入れたのです？」

「佐野屋さんは目的の歯がなかなか見つかりにくいとわかると、〝それでは一つ、どこかから生きている娘を買ってきましょうかな。わしにはたやすいことですよ〟などと言ってにやりと物凄い笑いを浮かべ、わたしはそれだけは止めさせねばと肝が縮みました。そんな折、昌平坂の学問所の一隅で医術の進歩のために、腑分けをしているという話を身分ある患者筋から聞きました。そのお方に話をつけてもらって、馬に蹴られて死んだ、十二、三歳の身寄りのない娘の歯を高値で佐野屋さんに買っていただきました。先方は歯は必要なかったので、二つ返事でこの高値に感謝してくれました。後で聞いた話によれば、食うや食わずの百姓の家に生まれたその娘は、器量を見込まれて売られてきていたのです。女衒と共に江戸に辿り着いて廓へと急ぐ途中、事故に遭って呆気なく命を落としたとのことでした」

「堪らない話ですね」

「ええ、それはもう。ですが、その時のわたしは佐野屋さんを唸らせてやろう、日本一の入れ歯を作り上げようと、とり憑かれてしまっていたのです。誰も作ったことのない入れ歯を作ってやろうと。この時の娘の歯は、よく揃ってむしば一つなく、摩耗も見られず、真っ白に光って眩しいほどでした。悲運な娘のことを思いやることもなく、わたしの心にはきっと自分でも気づかぬうちに恐ろしい魔が入り込んでいたのだと思います」

「こうしてお話しいただいている以上、その娘さんの供養はなさったのでしょう？　それとも何か特別なことが起きて、あなたの心を娘さんに向かわせたのですか？」

「娘さんの輝く歯並みが揃った入れ歯が出来上がる前日に、あろうことか、佐野屋さんは鬼籍に入ってしまわれました。同じ夢を繰り返し見るようになったのはその夜からです」

「どんな夢なのですか？」

「拵えた佐野屋さんの入れ歯は通夜に届けて棺に納めていただきました。野辺送りは遠慮したので墓がどこにあるか知りません。にもかかわらず、わたしは夢の中で佐野屋さんの墓の前に立っているのです。そしていつも、墓のすぐそばに真っ赤な彼岸花が咲いているのです。ぽつんと彼岸花？　そんなわけはないはずなのに、ああ、どうして、そんな夢ばかり──、夢だからなのか──」

本橋は顔を両手で覆った。

彼岸花は秋彼岸の頃、土中の鱗茎（りんけい）で育っている花芽（はなめ）が地上に枝も葉も節もない花茎（かけい）を伸ばして、一週間ほどで鮮やかな紅色の花びらを放射状につけて咲き誇る。群生している様は何とも妖（あや）しい美しさである。

全草有毒ではあるが特に鱗茎は毒性が強く、田を荒らすモグラやネズミ退治のために、田の畦（あぜ）に植えられることもあり、食すると〝彼岸（死）〟しかない、という意味で名づけられたとされる説もある。

「わたしはすっかり入れ歯作りに夢中になってしまっていたので、あの後、娘の骸がどうなったかまでは知ることができませんでした。正直気にかけていなかったのです。わたしは人としてしなければならない供養ができていなかったのです。あの娘はまだ、誰にも供養されていないから、彼岸花になって、歯を奪ったわたしを恨んで夢に出てくるのだと思いました。飢饉（ききん）や貧しさに喘（あえ）ぐところでは、彼岸花の鱗茎を水にさらして毒を除き、救荒食（きゅうこうしょく）にしていますが、時に毒処理が充分でないと命を落としてしまうでしょう？　なのでわたしはこの夢は死んだ娘が彼岸花の鱗茎ですら、食べなければ飢えを凌（しの）げない自分の家族、両親や兄弟姉妹を案じる心なのだと思いました。できれば危ない彼岸花の鱗茎など食べさせたくない――。そこでわたしは女衒から娘の故郷（くに）

を聞き、米や雑穀を届けています。わたしにできる供養はもうこれしかなかったのです」

本橋は知らずとまた頭を垂れていた。

三

「でも、まだ供養が足りぬのでしょうか？　わたしは墓で彼岸花が風に揺れている場面を繰り返し夢に見るのです」

本橋は震える声で言った。

「わたしは夢とはその人が気にかけている事柄だと思っています。亡くなった人と関わっての夢は、生きている人が亡くなった人に寄せる思いではないでしょうか？　あなたは自分の気がかりを供養しなかったその娘さんだけに絞っていますが、破格の入れ歯を頼んだものの、嵌めることなく亡くなった佐野屋さんのことも気になっているはずです」

桂助の指摘に、

「あの悪党の佐野屋玄兵衛を？　まさか？　あり得ませんよ、それにちゃんと出来上がった入れ歯は棺に納めさせていただいたのだし、ここだけの話ですが、佐野屋玄兵衛が死んでほっとしている人たちは多いはずです。この世からいなくなったのは世のため、人のためだとわたしは思っています」

　本橋は反論した。

「ところで佐野屋さんはどのような亡くなり方をなさったのです？　心の臓の発作とか中風等の突然の病ですか？」

　桂助は矛先を変えた。

「自分の部屋で亡くなっていたのを家族が見つけたとのことです。それ以上詳しいことは知りません。ただ憎まれっ子世に憚る(はばかる)で、日頃から佐野屋さんは流行風邪(はやりかぜ)にも罹らないのが自慢なほど元気でした。病に罹る奴(やつ)は半人前な役立たずだと豪語していました」

「入れ歯を棺に納めた時、佐野屋さんの骸の様子はどうでした？」

「ごく当たり前の真新しい経帷子(きょうかたびら)姿でした。ただ――」

「ただ、何です？」

「できれば口に入れ歯を嵌めて差し上げたかったのですが、固く閉じていて開けられなかったので、両手に抱えてもらうことにしました。この時、両手が左右とも傷だらけで、手の甲といわず、掌と言わず、赤い血の筋が固まっているのに気がつきました。仕事柄刃物を使うわたしも心得のある傷です。あれは刃物による傷です。ただし一番長いものは掌を縦に真っすぐでした。そこまで長い刃はわたしの仕事では使いません」

本橋は詳しく覚えていた。

「それ、見間違いありませんね」

桂助は念を押して相手が頷くと、

「たぶん、佐野屋さんはただ亡くなったのではなく、殺されたのでしょう」

きっぱりと言い放った。

「どうしてそう言いきれるのです？」

本橋は首を傾げた。

「両手の傷は殺された相手に付けられた可能性があります。人は襲われた時、咄嗟に自分を守ろうと両手で防ごうとするものなのです」

「ならばどうして、家族はお上に届け出なかったのでしょうか？」

「先ほどあなたは佐野屋さんが亡くなってほっとしている人が多いはずとおっしゃいましたが、家族もその中に入るのかもしれません」

「だとすると——」

本橋はぎょっとした表情を隠せなかった。

「家族の中に佐野屋さんを手にかけた者がいないとも限らないのです」

桂助はさらりと言ってのけた。

「たしかに——。あの手の人は内では外にも増して威張り散らしているでしょうから、家族の中には、疲れきって我慢ならなくなった人が出てきてもおかしくありません」

「その言葉があなたの口から出たのは初めてでしょうが、気がつかないうちに心の奥底では、そう思っていたのではありませんか？　佐野屋さんの両手の尋常ならざる傷を目の当たりにもしているのですから——」

「ああ」

本橋は深く息を吐いてから先を続けた。

「そうかもしれません。ただし、そうはとても思いたくなかったのです。入れ歯作りには当人に口を開けてもらっての調整が何度もあります。それで通っているうちに、佐野屋さんの家族とも顔馴染み（かおなじみ）になり、誰もが玄兵衛さんに虐げられて怯（おび）えているように見えました。それもあって、あえて玄兵衛さんの死とその家族を結びつけずにいたのかも——」

「だとすると、あなたが見る夢は家族に同情して、真実を隠していることへの後ろめたさゆえです。佐野屋さんがどうして亡くなったのかを明らかにしなければ、その夢から逃れることはできないとわたしは思います。生きている間の佐野屋さんが如何に嫌われ者であっても、殺されていいはずはないからです。殺されていい人などこの世にはいません」

桂助は淡々と言葉を続けた。

「なるほど」

頷いた本橋は、

「わたしはこのところ、世間から入れ歯の名人だ何だのと持ち上げられてしまっていて、謙虚さを失い、傲慢になっていたのだと悟りました。そして、今、先生のお話を聞いていて、売れもしない仏を夢中で彫っていた、仏師だった頃の想いがまだ残っていたのだとわかりました。仏の教えでは、死すれば、善人も悪人も区別なく皆仏になるのです。わたしはたとえ嫌な奴でも、出来上がった入れ歯で好物を嚙んで見せてほしかったし、佐野屋さんの方は日本一の入れ歯と自慢しながら、美食を楽しみたかったことでしょう。あの夢は佐野屋さんの死の真相を知りたいがためだったのですね。きっとそれをあの世の佐野屋さんも望んでいるはずだと、わたしは心の奥底で思っていたのでしょう」

　穏やかな口調で告げて、

「しかし、すでに野辺送りから半月は過ぎていますし、わたしは調べをするお役目にも就いていません。どうやって、ことの真相を明らかにしたらいいのでしょうか？　深夜の墓暴きで、仏の眠りを妨げるのは気が進みませんし――」

　困惑した表情になった。

「佐野屋さんは質屋でしたね。質屋では日を決めて蔵を開いて、質流れ品を売るって聞いています。佐野屋さんはどうなのでしょう？」

　桂助の問いに、

「佐野屋でも神無月朔日に佐野屋大蔵市が開かれます。実はわたし、玄兵衛さんの弟で大番頭の真助さんから、透かし模様の入った柘植の平櫛を二十ほど頼まれていまして、訪れる異人さんを含むお客さんへのお土産です。佐野屋では、この国の高額な美術品等の質流れ品を展示して、収集家の富裕な異人に売るのです。大名家のお蔵にあったというそれは大きな屏風絵が並ぶこともあります。玄兵衛さんとは違って温厚な真助さんは、在りし日の兄が決めた通りに商いを続けるのが供養と考えているとのことでした。ですので佐野屋では四十九日が明けるのを待たずに商いを始めているのです」

本橋は知る限りの事実を告げた。

「佐野屋に入ることができれば、玄兵衛さんが亡くなっていた場所を調べることができるかもしれません。それこそ、骸の両手に付いていた傷痕にも勝る、確たる証を摑むことができるのでは？　けれども、裕福な異人さんを呼ぶほどの市となると、よほどの上得意でないと呼ばれないのでは？　一介の口中医のわたしでは無理では？」

桂助が珍しく臆すると、

「桂助先生は洋行帰りの歯抜きの名人で、あの大老舗藤屋の若旦那様です。佐野屋はここ何年かの間にあそこまで太った新興の質屋ですので、先生が大蔵市の展示を見たいと言っていると告げれば、喜んで招いてくれると思います。心配には及びません。先生、一緒に真相を解明してください。どうか、よろしくお願いします」

本橋は真剣な目を向けて頭を垂れた。

桂助は、「わかりました」と答えた。

「それでは当日、お迎えに上がります」

そう告げて本橋が寒梅と共に辞して、しばらくすると、

「こんちはー」

金五のやや高めの声が玄関で響いた。

「いらっしゃい」

いつものように招き入れた志保は、金五のために葡萄のゼリーと冷えた紅茶を用意した。

「おいら、絶対こっちの方が好きなんだよね」

以前にしたゼリーと寒天の食べ比べで金五はゼリーを選んでいた。

「お腹空いてるなら、ドーナッツありますよ」

志保の言葉に、

「おいら、腹ぺこ、もう動けない」

金五は前屈みになって倒れそうな仕草をして見せた。

「食べ比べたいよぉ」

「さあ、どうぞ」

「わーい」

金五は夢中で揚げたてで、うっすらと砂糖の衣がついた輪型ドーナッツをお腹に詰め込んだ。

「金五さんを甘やかしてやってください。甘やかしは金五さんへの薬です。それしか、幼い頃から辛い別ればかり経験してきた金五さんが、真から安心できる癒しはないのです。ここでたっぷりと癒されれば金五さんもきっと頼もしい大人になれるはずです」

そう桂助に頼まれた志保は、思いつきはしたが後回しにしていた石窯（オーブン）を買い求めた。これさえあれば、アメリカで覚えたたいていの料理や菓子を作ることができて、金五にも喜んでもらえると思ったからであった。

「さあ、それじゃ、この間わたしが教えたドーナッツの話、聞かせてちょうだいな。金五さん、見覚えだけじゃなく、物覚えもいいはずよね」

志保が他愛ない話に水を向けると、

「まあね。たしか生まれはオランダだったよね。古くからオランダじゃ、フェトクッカとか、オリーケイクとか呼ばれてて、ようは真ん中にくるみをのせた丸い揚げ菓子だった。メイフラワー号でイギリスを出た清教徒っていう、新しい信心を持つ人たちがこれ食べて、美味しいってことになって作り方覚えたんだったよね。その後、清教徒たちは苦しい旅の果てにやっとアメリカに辿り着いた。揚げるのに時がかからない輪型のドーナッツは、新天地の荒野で忙しく働いてたアメリカ人らしい発明だって志保さん、言ってたけど、おいらは真ん中だけ、ネズミが齧ったとかのまぐれだったと思うよ」

　金五ははしゃいで応えた。

四

志保と金五の談笑に、

「いい匂いがすると思ったらドーナッツですか？　いいですね」

桂助が加わった。一つ摘んで口に運んだ後、好みのアールグレイ紅茶を啜って、

「金五さんに訊きたいことがあるのです、お願いします」

口調を改めた。

「何ですか？」

金五も釣られて背筋を伸ばした。

そこで桂助は本橋十吾の悩みの種である、日本一の入れ歯の依頼人、佐野屋玄兵衛の死の因と関わっての悪夢について話した。

「それなら持病の悪化ってことになってるけど嘘臭い。おいら、気になって家族にかかりつけの医者の名を聞こうとしたけどはぐらかされた。それで市中の医者という医

者を虱潰しに調べたけど、佐野屋玄兵衛を診てた医者なんていなかった。生きてる時の佐野屋を見たことあるけど、がっしりしてて脂ぎってて年齢より若く見えた。あれは、持病なんて抱えてる手合いじゃないよ」

金五は常の口調に戻った。

「殺しの疑いがあったのに、どうして調べなかったのです？」

思わず強くなった桂助の語調に、

「あのさ、おいら、たまたま運よく邏卒になれたんだ。これって、邏卒の中でも下の下ってことでしょ、だから、佐野屋玄兵衛の死の因は調べるなって上役から言われれば、逆らえるわけなんてないよ」

金五は口を尖らせて弁明してから、

「けど、父上の部屋であの強欲無慈悲な佐野屋が死んでたってなると、どうしてなのか、いったい全体、何があったのかって知りたいよ。父上の幽霊が、商いとはいえあまりに非道な佐野屋に腹を立てて成敗したのかもしれないしさ――。そうだったんなら、おいら、うれしいな。そうなら幽霊が居るっていう人の話、これからみんな信じる。たとえ幽霊でもいいから、父上には居てもらいたいもん」

しんみりと告げた。

「父上とは岸田正二郎様のことですね」

桂助は驚いて念を押した。

「ん」

「ということは、あのかつて岸田様が住まわれていたお屋敷は今、佐野屋さんのものになっているのですか？」

「そうだよ。先生、知らなかった？　あ、おいら、そのことまだ、話してなかったっけ？」

頷いた桂助は、引き続いて、神無月の朔日に開かれる佐野屋の大蔵出し市についても話した。

「おいら、それ知ってる。行って何とかして佐野屋殺しの証を摑みたいのは山々なんだけど、一度家族に会ってて顔を知られてる。邏卒の制服を着ていれば、仕方なく中に入れてはくれるだろうけど、用心してたら尻尾ださないでしょ。本橋さんって入れ歯師が言った通り、あそこの家族、玄兵衛の奴隷みたいだったから、おいらは家族も父上の幽霊の成敗に一枚嚙んでると思ってる」

金五はそこそこ真顔で言った。

「わたしたちに同行する時は姿を変えてはいかがです？」

桂助の思いつきに、

「おいらにどう変えろっていうの？」

戸惑う金五に、

「洋装の麗人というのはどうかしら？　アメリカでいただいたドレスがあるのだけれど、なかなか着る機会がないのよ。少し大きめだったから、きっと金五さんにはぴったりのはず。わたしの代わりが務まるわ」

離れへと走った志保は、箪笥にしまい込んであった、コルセット付きの緑色のサテンのドレスと白い長手袋、揃いの緑色の帽子、バッグ、靴を出してきた。この一式は院長夫人のマリー・ブラウンからの贈り物であった。

「着てみてください」

桂助が大真面目（おおまじめ）に指示し、着替えを志保が手伝った。

「素敵よ、金五さん。西洋のお人形さんみたい。背が高くて手足が長い方が洋装って似合うのだわね」

「よかった、これならまず、見破られたりしません」

志保と桂助は胸を撫でおろした。

「腕と脛（すね）の毛も隠れるし、まあ、何とか見られる。ただコルセットっていうのはきつくて苦しくて、慣れるの、大変だよ」

金五は思わず洩らし、

「実はわたしもそれが苦で、あちらでも洋装は勘弁していただいてたのですよ」

志保はそっと金五の耳に囁いた。

こうして金五は洋行帰りの桂助を訪ねてきた、帰りの船で乗り合わせた知り合いとして、佐野屋の大蔵市に赴くこととなった。洋装の似合う桂助の妻という役回りを急遽取りやめたのは、

「佐野屋の大番頭さんが洩らしていましたが、桂助先生ご夫婦がおいでになると聞いて芳田屋さんもいらっしゃるとのことでした」

そう、本橋に教えられたからであった。美鈴の父親である芳田屋太郎右衛門は志保と面識がある。

当日、一行は人力車で元岸田邸、今の佐野屋へと向かった。前もって知らされてはいたものの、仕上げの香水を振りかけられ、絹のハンカチを手にした金五を見た本橋は、はっと息を呑んだ。

「お見事です。ひと昔前の異人さんが好んだという、上下の入れ歯の後方についたバネで跳ね上げて落ちないようにしている入れ歯だって似合いそうだ」

「おいら、話はほとんどしないからね。絶対ボロが出るから」

金五は淑女の言葉遣いを志保から指南されたものの、一向に上達していなかった。

屋敷の表門には客たちを丁重に迎えるべく、故主の係累が連なっていた。玄兵衛の弟で大番頭の真助の肩に、亡くなった玄兵衛の妻のお美多(みた)がもたれかかるように寄り添っている。ただし真助の方は肩を引き気味に、かろうじてお美多の支えになっていた。

――もしや、この二人は――

桂助が本橋の方を見ると、

――ご覧の通りです――

相手は頷いた。

二人の後ろにいる金五ほどの年齢(とし)と背丈ながら、背幅があって胸板の厚い青年を、

「亡くなった主の甥(おい)の柊吉(しゅうきち)です」

真助が紹介した。柊吉は三つ揃えの背広を着て頭を下げていて顔を上げようとしない。上等な背広であることは一目でわかるが、窮屈そうなだけではなく、両袖から白いワイシャツが見苦しく食(は)み出ていた。おそらくズボンの丈も合ってはいないだろう。

「借り物だよね」

金五が小声で桂助に呟いた。

そんな青年のさらに後ろに若い娘の姿があった。

「小間使いのようです」

およう は自分で名乗った。この娘も一応は洋装で、紺色の無地のお仕着せに胸当てのある純白のエプロンを着けている。初々しくもあり、こちらへ向けているその目には、美しく着飾っているだけのお美多にはない、きりっとした煌めきがあった。

「あの娘、可愛いよね」

またしても金五が囁いた。

「このたびは、お運びいただいてありがとうございます」

大番頭の真助はお美多を押しやるようにして離すと、桂助たちに向かって深々と頭を垂れた。

「今日は楽しませていただきます」

桂助の言葉を待っていたかのように、金五が自分の腕を桂助の腕に絡めてきた。

――あっちじゃ、こうするって、聞いてるんだよね、志保さんから――

一瞬度胆を抜かれた桂助だったが、金五の目が伝えてきて、

──あちらで志保さんが洋服を着なかったように、わたしもその習慣だけは勘弁してもらっていた。わたしが志保さんのドレス姿が実は好きだったように、志保さんもわたしとこのような習慣で過ごしたかったのかもしれない──

心の中だけで苦笑した。

「お約束のものです」

本橋が柘植の平櫛二十本が入った包みを真助に渡した。

「ありがとうございます」

受け取った真助が包みを開いて、一つ一つ精緻な技巧を施された平櫛を、

「一つとして同じ彫り模様の櫛がないのですね、さすがの腕前です」

本橋を讃えつつ、見惚れて改めていると、

「まあ、素敵、わたしも一つ、二ついただいていいでしょ？」

お美多が早速、気に入った彫り模様の櫛を手に取って、金糸銀糸の刺繡と華やかな友禅の色遣いが、何とも艶めかしい豪華絢爛な着物の袂に入れようとした。

「それは困ります」

真助が止めた。

「あら、真助さん、どうして？」

お美多は無邪気に抗議した。

「お客様の分が足りなくなりますので」

「あら、そ」

お美多は悪びれた様子もなく、

「それじゃ、二つのうち一つはそちらへ戻すわ。どれがいいかしら」

二つの櫛を左右の掌にとって、

「菊は天子様のお印だけど、あたしはこっちの牡丹の方が好き」

菊の彫り模様の方を包みに返すと、残った牡丹模様の櫛を手にして、

「それでは皆様、あたしはここで失礼いたします。どうか存分にお楽しみください」

微笑みながら奥へと入っていった。

そんなお美多の様子を顔色一つ変えずに見守っていた真助は、

「それではこちらへどうぞ」

早速、蔵出しの逸品が展示即売されている大広間へと桂助たちを誘った。そこは、桂助も二度ほど通されたことのある部屋だった。畳は新しく、手入れが行き届いている。清々しい畳の匂いが漂っていた。桂助が知る岸田邸の畳も常に青々と新しかった。岸田と過ごした日々を思い出したのか、桂助に腕を絡めている金五の鼻がぐしゅんと

鳴った。

五

大広間に隣り合って茶菓のもてなしがされる部屋が用意されている。テーブルに人数分の椅子が並べられていて、何人かの西洋人を含む、二十人あまりの客が揃ったところで、

「只今(ただいま)、手前どもの大蔵市の目録を皆様にお渡しいたします。展示品をご覧いただいて、お気に召された品がございましたら、この目録に印を付けて手前どもまでご相談ください。人気のあるお品は欲しいと望まれる方が重なることが多いので、そうした場合は高値をつけてくださる方にお譲りすることになっております。どうか、皆様、大名家を始めとする名家にして高貴なお家が伝えてきた、華麗、端麗な、あるいは侘(わ)びて趣のある品々をご堪能(たんのう)ください」

大番頭の真助が堂に入った挨拶をした。臨時雇いの通訳が英語で繰り返す。

「さすがたいした心配りでしょう？　佐野屋さんの生きている頃からこの手の役目は真助さんがこなされていました」

本橋が声を潜めて説明した。

他の客たちが立ち上がったところで桂助たちも倣って大広間へと移動した。西洋人たちには先ほどの通訳がつきっきりで付き添っている。

「さすがですね」

展示品を見まわした桂助は思わず吐息をついた。名刀、甲冑、屏風絵、名品と思われる香炉や皿等の陶器類が整然と並んでいる。帯や打掛、簪や笄、紋付等の身に付ける品々も、質屋が扱う市井で出るものとは格が違う。質屋の佐野屋の大蔵出しだと知らなければ、これはもう骨董屋の蔵開きであった。

「遅れました、すいません」

背後でやや不自然な日本語が響いた。

——どこかで耳にした声と物言いだ——

桂助は気になった。

「とんでもない、お目当てのお品は先にお取り置きしておりますので、どうか、ご安心ください」

真助が如才なく応対している。

——もしや——

思い切って振り返った。

「ホプキンズ先生」

正真正銘の帰国途中、同じ船に乗り合わせたクリストファー・ホプキンズが立っている。ホプキンズは恩人のブラウン院長の親戚筋に当たり、世界文化史の熱心な研究家であった。

「こんなところでお会いできるとは」

ホプキンズは満面の笑みを浮かべて、桂助を抱きしめた。慌てた金五が絡めた腕を離すと、

「ごめんなさい、すいません」

相手は丁重に謝って、

「綺麗(きれい)な方ですね、どこかでお会いしたことがありましたか？」

金五をじっと見つめた。

真助は事の次第を見守っている。

——困った、金五さんとホプキンズ先生は会ったことはない。これでは乗り合わせていたという、大番頭さんたちへの触れ込みとは違ってしまう——

桂助が困惑していると、

「いいえ」

金五は咄嗟に細く小さな声で首を横に振り、

「わたし、これでお世話になってて」

顔を顰め頬を押さえて見せた。

「なるほど」

合点したホプキンズは、

「心配ありません、桂助先生はどんな国でも通用する、腕利きの歯医者さんですから」

朗らかに讃えた。

「褒めすぎです、困ります」

桂助がまた困惑すると、

「ならば私の選んだ画もご覧いただきたいですな。お返しに褒めてもらいたいです。案内していただけますか？」

ホプキンズが真助に言うと、

「こちらでございます」

ホプキンズが買い上げる画のためだけに、並びに特別の部屋が設けられていた。

――おいら、あの異人、苦手だよ――

金五は心の内で呟いて、本橋と共に金箔遣いの屏風絵の並びへと進んで行った。

「これは――」

取り置きされていたのはどれも浮世絵の版画であった。浮世絵は一点物の屏風絵や絵巻と異なり、相当数が刷られて売られている。その中には廉価で包み紙に再利用されるものもあり、ようは庶民性の高い代物であった。

「東洲斎写楽、喜多川歌麿、歌川広重、葛飾北斎が主です。たとえ版画であってもこれらの浮世絵には相当な価値があります。大広間にある何点もの繊細で典雅な屏風絵を合わせても、この一点に及ばないほどです」

ホプキンズは満足そうに北斎の荒波が描かれた逸品を見据えている。どれも現物をきっちり写し取ったかのごとくの画とは異なり、的確に簡略化された形の役者や芸者、風物や風景が、刷り物ならではの大胆な彩色を得て躍動している。優れた浮世絵ならではのずんとくる醍醐味があった。

「ジャポニズムの影響でしょうか？」

何年も前にパリで行われた博覧会にこの国の美術品が出品されたことがあった。その際に浮世絵も大陸へと運ばれて、画家たちの間で評判になり、芸術として大きな価値が認められるようになったのである。

「ええ、もちろん。この国の人たちはそのことに全く気付いていないで、値がつけばいいとばかりに廉価で次々に手放すので、おかげでこちらは思う存分買い集めることができるのです」

　相手は笑み崩れ、

「ということはホプキンズ先生はそれが目的で海を渡られたのですか？」

　思わず、桂助は訊かずにはいられなくなった。

「いえいえ、目的は収集だけではありません。たとえばわたしがアメリカで皆さんに紹介した房楊枝のようなもの、いずれ失われるであろう、この国独自の日用的な文化や習俗についても調べようと思っています。元々はこちらがわたしの専門分野なので。学会発表の頃にはあちらへ帰る予定です」

　ホプキンズは笑みを消して、

「それではわたしは大広間に戻ります。故郷で待つ妻に打掛を一枚頼まれているので、見たててやらなければ。この国のご婦人たちが着ている着物もかなりの評判になっていましてね。妻はパーティードレスに仕立て直して、女友達たちをあっと言わせたいのだそうです。しかし、何せ妻は好みがうるさいので、首尾よく喜んでもらえるものを見つけられるかどうか、やれやれ」

ふうと大きなため息をついてから、

「そうだ」

両手を打ち合わせ、

「先ほどのお連れの方はこの国の女性でありながら完璧な洋装姿でした。ああいう方はかなり、お洒落(しゃれ)にも通じておられるはず。きっとドレスにしたら引き立ちそうな打掛を見る目がおありでしょう。探して相談に乗ってもらうことにします」

浮世絵の並ぶ部屋から出て行った。

──またしても金五さんか──

桂助もホプキンズの後に続いた。

賑(にぎ)わっている大広間には金五の姿はなく、本橋が一隅で道具を広げて柘植(つげ)の櫛作りを客たちに見せていた。西洋人の客たちは興味津々に本橋を取り巻いている。

「これは素晴らしい」

ホプキンズはすぐにその取り巻きに加わった。

──よかった、助けられた、ありがとうございます──

桂助の目が礼を送ると、

——とんでもない、何せ手持ち無沙汰でね。道具箱も柘植も、つい持ってきてしまってたのですよ——

本橋は何も手にしていない両手を見せて手持無沙汰をあらわし、次に道具箱と柘植の木片をかざして微笑んだ。

控えて立っている真助は桂助と目が合うと、近づいてきて、

「これなら誰でも柘植の櫛作りが目で見てわかる、ありがたいことです。言葉も文字もおわかりではない異人さんたちには、何よりのおもてなしになりましょう」

本橋への謝意を洩らした。

するとそこへ、

「桂助先生」

渋みのある男の声がした。テーブルと椅子があって茶菓が振る舞われる場所にはいなかった、美鈴の父芳田屋の主太郎右衛門であった。洋服を着ていた横浜港での迎えの時とは異なり、髷を落としているものの、どっしりとした風格のある大島紬（おおしまつむぎ）の男物を羽織と対で着こなしている。さすが飛ぶ鳥を落とす勢いの貿易商であった。

「娘のことで折り入ってお話がございまして」

太郎右衛門はすぐに本題をぶつけてきた。

「先ほど皆さまがお集りいただいた大広間の中に、小部屋のご用意がございますのでどうか、そちらで」

真助が絶妙な気遣いを示した。

こうして桂助は太郎右衛門とその小部屋で向かい合った。

「実は美鈴は良くなってきております。医者が申すには、帰りの船での発熱がこの病の山場で、桂助先生の診たてと治療がよかったので恢復(かいふく)へ向かったのだとのことです。先生がいらっしゃらず、熱のあるままになっていたら、命を落としていたかもしれないと聞かされてわたしも妻も肝を冷やしました。桂助先生には何とお礼を申し上げてよいか言葉もありません。にもかかわらず、案じて幾度か拙宅においでくださった際、失礼な応対をいたしたとのこと、妻も大変悔いております。どうかお許しください、この通りです」

何と太郎右衛門は椅子から畳に下りてぺたりと平たくなった。

六

驚いて立ち上がった桂助は、

「何をおっしゃいます、わたしはできることをさせていただいただけで、もとより許すとか許さないとかのお話ではありません。それにこのようなことをされては困ります。どうか、こちらへ」

と、椅子を勧めたが、太郎右衛門がそのまま動こうとしないでいると、小部屋の扉が叩かれた。

「茶を持ってまいりました」

「少し、待ってください」

桂助は太郎右衛門の片腕をとり、

「どうか、おかけください、お願いです」

やや語調を強めた。

「有難い、お許しいただけるのですね」

太郎右衛門は桂助の腕をつかんで立ちあがると元の椅子に腰を下ろした。

「どうぞ」

桂助が扉に向けて応えると、煌めく瞳が印象的だった小間使いのおようが入ってきた。

「失礼いたします」

　およう は珈琲(コーヒー)にチョコレートケーキを添えて供した。

　おようを見送ってフォークを手にした太郎右衛門は、

「わたしはこの格別な西洋菓子に目がないんです。横浜から入る値の張るチョコレートを菓子にするとは、さすが佐野屋さんですね。それと、今この茶菓を運んできた娘さん、どこかで見たことがあるな――」

　ふと洩らし、

――ああこれでやっと、お詫(わ)びの嵐から逃れられる――

　桂助はほっとして、

「もうこれ以上わたしに詫びるのは勘弁してください。好物を召し上がりながら、ゆっくりなさってください」

　まずは珈琲を啜(すす)った。

　太郎右衛門はチョコレートケーキを食べ終わると、

「実はお詫びのほかにお願いがあるのです」

　神妙な顔で切り出した。

「婿の鋼次のことです」

「鋼さんが何か――」

ほかならぬ鋼次に関わる事柄のようなので、桂助はフォークを止めた。

「その日はたまたまわたしが店におりました。そこへ鋼次さんが美鈴の見舞いに来てくれて、妻に世話料を差し出したのです。妻は〝娘の美鈴の世話を親がするのは当たり前、そんなものは受け取れない〟と突き返してしまいました。以来、鋼次は芳田屋へ足を向けなくなったのです。お佳は寂しがっていますし、美鈴は微熱が出始めています。この微熱は罹った病のせいではなく、心が風邪を引いてしまったかのように、萎えかけているのだろうと医者は申しています。わたしどもには、跡継ぎの男子こそおりますが、娘は美鈴一人なので、妻は美鈴を溺愛してきました。それもあってことあるごとに、〝鋼次さんとは共白髪になるまで一緒にいられるのだろうけど、わたしたちにはあまり時がないのよ。だからなるべく一緒にいてちょうだい〟と言っていて、美鈴自身もまだ本復していないせいか、〝アメリカへついていくなんて、なんてあたし、親不孝だったのでしょう〟なんぞと、妻に甘えるようになってきているのです。微熱を出すようになってからというもの、めっきり美鈴にこの言葉が増えました」

そこで太郎右衛門はふうと重めのため息をついた。

「太郎右衛門さんは美鈴さんと鋼さんの夫婦仲を案じておられるのですね」

桂助の指摘に、

「その通りです。美鈴とお佳がいる暮らしは賑やかでよいのですが、美鈴はあちらの嫁になったのですから、あの時、妻は鋼次さんの差し出した世話料を受け取るべきだったとわたしは思います。妻はそれはそうだったと悔いているものの、〝でもあなた、病み上がりの美鈴とお佳を雨漏りとすきま風が絶えない、桜の後はけむしが家の中まで入ってくることもある、あのけむし長屋にお帰しになるつもりですか？〟と案じるのです。その親心はわたしも同じです。アメリカで最新の歯科治療をモノにしてきたとはいえ、今のこの国でそれを元に口中医として成功するのは難しいように思います。医者も修業を積んだだけでは認められず、近く資格試験が課せられるとも聞いています。口中医も、いずれ資格試験が課せられるでしょう。また、この国の迷信深い人たちが最新の治療や機械を受け入れるのにも時がかかることでしょう。ようは余りに苦労の多い道のりでその間、美鈴とお佳は苦労することになります。幸いにもわたしたちの芳田屋は商いを盛り返しています。鋼次さんにわたしたちの仕事を手伝うよう言ってはもらえぬものでしょうか？　そうしてくだされば美鈴とお佳はそこそこ豊かに暮らせて、わたしたちも安心です。ですがあの気性の張った鋼次さんのことですから、わたしたちの提案などに聞く耳は持たないでしょう。けれども、大恩あって心酔してきた桂助先生のおっしゃることなら、鋼次さんとて少しは耳を傾けるのではないかと

――」

太郎右衛門は本心を明かした。

――何ともむずかしい頼み事をされたものだ。ここは一つ太郎右衛門さんたちの親心に目をつぶろう――

内心桂助はうーんと唸ったが、

「ご心配なのは夫婦仲のことだったのではありませんか？」

太郎右衛門が最初に口にした心配に戻した。

「それはもう――」

口籠った太郎右衛門を、

「鋼さんは今、とても忙しく働いています。でも、また美鈴さんやお佳ちゃんに会いにそちらへ立ち寄るでしょう。今度鋼さんが世話料を受け取って欲しいと言ったら、受け取ってください。そうすれば何もかも上手くいきます。そもそも夫婦仲など少しも悪くはないのですから。ようは本人同士なのですよ」

桂助は微笑みながら軽く諭した。

「そうですか、やはりそうですよね。親が出過ぎては駄目なのですね。よくわかりました。ところで西洋では夫婦で指輪を贈り合う習慣があると聞いています。なので、わたしたちから、美鈴と鋼次に揃いの指輪を見立てて贈りたいのですが、それも出過ぎでしょうか？」

太郎右衛門は躊躇いがちに訊いてきた。

「それはかまわないと思います。二人ともきっと喜ぶでしょう」

「それでは指輪等、西洋の装身具が展示されているところへおつきあい願えますか。すでに佐野屋さんには特別にお願いしてありますが、どれを選んだらいいか、助言をいただきたいのです。桂助先生ならあちらで、その手の物をご覧になっているでしょうから――」

太郎右衛門は小部屋を出ようと立ち上がり、

「思い出しました。先ほどの娘さんは松枝堂さんといって、老舗の骨董屋さんの跡取り娘さんでした。どこかで見たことがあると思ったのは、錦絵に描かれるほどの器量好しだったからです。たしか、左前になった松枝堂さんはこの佐野屋さんにかなりの安値で買われたとも聞いています」

そこであっと口を手で押さえて、

「ああ、いや、わたしとしたことが。他人様の不幸話にうつつを抜かしそうになって、何ともお恥ずかしい限りです。今の話、どうかお忘れください」

廊下を歩き始めた。

輸入品の西洋装身具の数々が突き当たった板の間のガラスケースの中に展示されていた。こちらの方には値札が付いている。

アメリカに居た桂助は、あちらの人たちが装いに装身具を用いているのを見ていたが、自分には所詮縁のないものだとほとんど興味は抱かなかった。

——やはり、高いものだったのだな——

ブラウン夫人のマリーが気に入っていつも着けていた、大きなカメオのブローチによく似たものなど群を抜いて高額だった。

「あれなどどうでしょう?」

太郎右衛門は金の上に塗られた黒いエナメルを背景に、鶯(うぐいす)を止まらせている梅の小枝が模されている、大小の指輪をさし示した。小枝には真っ赤な花が赤い石で咲いている。

「まさにこれもジャポニズムですね」

「西洋ではとにかくジャポニズムが流行(はや)っています。これを日本に入れれば、親しみのない西洋の装身具も売れるだろうというのが、亡くなった佐野屋さんの目のつけ所だったのでしょう。どうせなら、とびきり豪華に見えて値の上がりそうなものをと

――」

太郎右衛門は商魂を発揮している。

「でも、あの図ではまるで花札の絵札そのものです。あちらの方が上品で飽きが来ないのではないかと思いますが」

桂助は価格はより低いが、高蒔絵(たかまきえ)に似た高低のある金細工の上に、盛った白いエナメルで愛らしい鳥が描かれ、金細工の隙間を群青のエナメルが埋めている、やはり大小の指輪を指差した。

「あまり高そうに見えませんが」

太郎右衛門は今一つ乗り気ではない様子だったが、

「鋼さんは元かざり職なので、細工にはうるさい方なのだと思います。花札のような鶯と梅の細工より、こちらの方がずっと繊細な仕事をしていると見抜くはずです」

桂助は畳みかけて何とか決めさせた。

この後、太郎右衛門は値札に付いている品番を書き留めると、まだ桂助がガラスケースを眺めているというのに、

「さあ、行きましょう」

促して部屋を出ようとした。

「すみません、わたしはもう少しここに」

桂助は断って太郎右衛門を見送り、

――芳田屋さんご夫婦は悪い人ではないが、美鈴さんやお佳ちゃんへのよかれとする想いを、一方的に鋼さんに押し付けるきらいがある。お金で何でも解決できるとまでは思ってはいないだろうが、そうなればそれでいいと思っているところもある。これにつきあうのは正直骨が折れることだろう――

鋼次の苦労を思いやった。

その後、気になっていたペンダントをもとめることにした。

――思えば志保さんには苦労のかけ通しで、何一つ報いてはいない気がする――

それはすべて金台のエナメル遣いで、片面がバラの花、裏面には集い合う三羽の鳥たちが描かれていた。

――志保さんはバラの花だけではなく、庭に訪れる鳥たちも好きだ――

桂助は佐野屋から渡されている目録の端にその品番を書き移した。

七

桂助が大広間に戻ってみると本橋はまだ柘植(つげ)細工を客たちに見せていた。相変わらず金五の姿はない。

「藤屋様」

真助が声を掛けてきた。

隣には一番乗りの客であった桂助たちにだけ挨拶して引っ込んでしまっていたお美多が寄り添っている。

「これをもとめたいと思っています」

桂助はペンダントの品番を記した目録を渡した。

「ありがとうございます」

真助は深々と頭を垂れてから、

「実は是非ともご案内したい場所がございます」

有無を言わせぬ口調で言い、お美多がついて来ようとすると、

「義姉(ねえ)さん、ここをよろしくお願いします。大切な商いですのでここにいていただか

なければ困ります」

さらに語気を強めた。

真助が案内したのは奥まっていて中庭が見渡せる十畳ほどの部屋であった。ここもまた、掃除が行き届いていて新しい畳が清々しい。さりげなくではあったが、例えば文机一つとっても枯れた趣きがあった。

「兄佐野屋玄兵衛の部屋でございます。元は徳川様にお仕えになった御側用人様のお部屋だったと聞いております。一見粗末に見えますので、兄は模様替えしようとしましたが、わたしが止めて目利きの骨董屋に見せたところ、この部屋そのものが千利休の侘び茶や足利将軍義政様の銀閣寺にも通じる、武家の心根が託されていて、調度品はその手の逸品ばかりだと教えられました。これを聞いた兄は〝それではいずれ、部屋ごと高く売れる時が来るだろう〟と上機嫌になり、そのまま使っておりました」

——ここが岸田様のお部屋だったのか——

茶室で会うことの多かった桂助はこの部屋に通されたことがなかった。

——たしかに簡素に見えて、何もかもが上質の素材と精緻の極みで隙がない。如何にも武士の精神そのものだった岸田様が使われるにふさわしい部屋だ——

桂助は感慨深かった。

「そこへお座り願えますか」

真助は上座に桂助を座らせると自身は下座に畏まった。

「あなた様が本日、佐野屋の大蔵市においでになった目的は、ここをご覧になりたかったからではありませんか？」

真助は桂助を見据えている。

——いけない、先手を取られてしまった——

一瞬桂助は焦ったが、

「なぜそう思われたのでしょうか？」

醒めた口調で訊いた。

「わたしはこの年齢なので、あなた様、藤屋の若旦那である藤屋桂助様が、ただの歯抜きの名人ではないと知っているのです。優れた調べの力でお上のお役に立たれてきたお方でもあります。あなた様が数々の難しい事件を解決して、殺されて成仏できない死者の霊だけではなく、謂れのない罪で斬首されようとする人たちを救ってこられたこと。わたしは風の便りに聞くたびにうれしくなりました」

——となると、初めから気がついていた真助さんは、金五さんのことも不審に感じていたはず。これはもっといけない。見破られてしまっていたとすれば、姿を消してしまった金五さんは今頃――

桂助は気が気ではなくなった。

「ですので、わたしはあなた様がみえると本橋様から伺って、これは間違いなく、兄の死が殺しと疑われていて、わたしどもへの調べだと察したのです。兄を殺したのはわたしです」

真助はごく自然に両手を膝の上で合わせて先を続けた。

「殺した理由は兄があまりに横暴だからです。いつも顔が合うと〝売り上げが足りない、儲けが少ない、おまえは何をしているのか、とんだ穀潰しだ〟と罵られ続けてきました。兄を手に掛けた時もそうでした。座っていたのですが、たまらなくなって縁側へと立ちました。高くて綺麗な青空が目に入りました。この時、こんな空をいつも見ていたい、欲塗れの兄の小言をこれ以上聞きたくないと思いました。わたしだって兄の片腕として精一杯佐野屋の役に立ってきたという自負もありました。それを認めようとしない兄が憎かった。そして何より兄がいなくなればわたしが晴れて大商人の佐野屋の主になれます。お美多さんとも添えるのです」

「それではどのようにして玄兵衛さんを殺めたというのです？」

「首を絞めました。この通り、わたしは小柄だった兄より力はありますので、その気になれば簡単でした」

「お兄さんは首を絞められて殺されたのではありません」

言い切った桂助は、

「あれをご覧なさい」

天井を指差して立ち上がった。見上げた天井に血の飛び散った痕があった。

「お兄さんの死の因は首の急所を突かれたからです。壁に血の痕がないのは殺しに使われた刃物が、一度しかふるわれなかった証です」

桂助は厳然と断言したが、

——真助さんは誰かを庇っている。しかし、だからといってその誰かが金五さんに何もしなかったとは言い切れない——

金五を案じている。

「それは——」

言葉に詰まった相手に、

「下手人はあなたではまずあり得ません。他の家族の方々にもお訊ねしたいのでここへ来てもらってください。お客様もおられるので一人一人でかまいません」

と告げると、

「わかりました」

思い詰めた顔の真助は部屋を出て行った。

最初に部屋に入ってきたのは甥の柊吉だった。

――屈強そうなこの男なら金五さんをどうにかできる――

桂助は金五について訊き糺（ただ）したい気持ちを抑えて、

「この調べについては伯父（おじ）の真助さんからすでにお聞き及びと思います。主にして伯父の玄兵衛さんが亡くなった日、どこでどうしていたのかと、玄兵衛さんへの思いを話してください」

淡々と問いの言葉を重ねた。

「わたしはここの二人の伯父の妹の子で唯一の跡継ぎです。わたしの両親（ふたおや）は馬喰町（ばくろうちょう）でそこそこ大きな口入屋（くちいれや）をしておりましたが、相次いで亡くなり、わたしは玄兵衛伯父に引き取られました。その際、玄兵衛伯父は〝口入屋はおまえのものだとわかっているが、一人前になるまでわしが預かっておく。わしに子はなく、おまえしかこの佐野屋を継ぐ者はいないのだが、佐野屋ほどになると主はよほどの者でないと務まらない。とかく一人息子で甘やかされて育ったおまえを、佐野屋の跡継ぎにふさわしい男にするため、わしはこれから厳しく鍛えなければならない〟と言いました。わたしは自分をよくいる道楽息子とまでは思っておりませんでしたが、心優しい両親のもとで食べ物やおもちゃ等は好きにさせてもらって、やや我儘(わがまま)には育ちました。そうは言っても玄兵衛伯父の言うままに、人力車屋へ奉公に出され、慣れたところで佐野屋お抱えの車夫にされてしまいました。こづかい銭しか貰えない暮らしです。これでは人並みに——」

続けかけて柊吉は口籠ったが、

「当初は佐野屋の跡継ぎになるためだと我慢していましたが、近頃はほとほと嫌気がさしていました。こんなことを言うとわたしが玄兵衛伯父を殺したと思われるでしょうか？」

怯えと憤怒(ふんぬ)の混じった目になった。

「相手に限りなく悪い思いを抱くことと、実際に殺すこととは全くの別物です。ご安心なさい。続きをどうぞ」

桂助は先を促した。

「実は死んでいる玄兵衛伯父を見つけたのはわたしなのです。何とか、待遇をよくしてもらいたいと抗議するつもりでした。その日はずっと佐野屋に居ました。外へは出ていません。これではきっとわたしに色濃く疑いがかかるのでしょう？」

柊吉はぶるぶると震えて歯を食いしばった。

「その時、ほかに人は居たでしょうから、それだけであなたが殺したとは断定しかねます。ですので次の人を呼んでください」

「おようさんですか？　おようさんはお美多伯母付きですので玄兵衛伯父とは関係ありません」

柊吉は力んだ。

「次はおようさんでも、お美多さんでも、どちらでもご都合のつく方でかまいません」

桂助は柊吉の早合点を修正した。

おようはエプロンを外した姿で桂助と向かい合った。桂助は柊吉に訊いたのと同じ質問をした。

おようは緊張した面持ちで、

「その日は一日中、奥様の部屋におりまして、沢山のお召し物を箪笥（たんす）から出して、仕分けして引き出しに戻していました。ここの奥様ほど着道楽におなりですと、ご自分でも何がどこにあったか覚えられなくなるのです。それで風に当てつつ、着物や帯の絵柄から春夏秋冬別にお分けしていました。四季が堪能（たんのう）できる、勿体（もったい）ないような楽しい仕事でした。奥様の部屋からは池が見えて、旦那様がもとめておいでになる見事な錦鯉に餌をやったり、お庭の草を抜いている柊吉さんの姿が見えました。わたしが旦那様とじかにお話ししたのはほんの何回かです。いつでも誰にでも厳しい方のようでしたが、そんなお方だからこそ、ここまでになられたのだと思います」

　このように話した。

八

「先ほど芳田屋さんとここでお話ししていたのですが、芳田屋さんは錦絵に描かれた、あなたを覚えていて、たしか、老舗で、乗っ取りにあった骨董屋松枝堂のお嬢さんのはずだとおっしゃっていました。だとすると、あなたはなぜ、よりによって、店を乗っ取り、家族に悲運をもたらした佐野屋さんのところで奉公しているのでしょう？」

　桂助の言葉におようはさっと青ざめはしたが、

「手段を選ばずに成功している佐野屋さんのやり方を倣いたいと思ったからです。わたしの両親は乗っ取られた後、急に気力が萎えて病死しました。病に罹った両親は薬礼（治療費）にも事欠く有様で、わたしが吉原に身を売ろうとしたところ、〝可愛い娘をそんな境遇に落とすのは、このまま死ぬより辛いことだから、それだけはしてくれるな〟と泣いて止められました。やられたらやり返す、商いの巧みな手口を盗んで、いつかきっとこの佐野屋を地獄に落とす、それが一番の供養になるのではないかとわたしは思っていました」

「それでも玄兵衛さんのことは恨んでいたのでは？」

「たしかに恨んでいなかったといえば嘘になります」

「玄兵衛さんが亡くなってからもまだ、佐野屋を地獄に落としたいと思っていますか？」

「それは――」

およようは言い淀んでうつむき押し黙った。

「次が最後になりますが、奥様のお美多さんをお願いします」

着替えを済ませたお美多が入ってきた。目が醒めるような白絹地に、奔放な花姿の江戸菊が幾つも咲いている。

「わたしをお呼びとのことで――」

お美多はやや不機嫌な様子であったが、

「あたしはたしかにあの日、ここでうちの人と一悶着ありました。あの人ときたら、こんなに稼いで唸るほどお金があるっていうのに、急に小間使いのおようを辞めさせるなんて言うんですからね。そんなこと、たとえ妾腹とはいえ、痩せても枯れても大身の旗本の娘だったあたしが耐えられるわけ、ないじゃありませんか？　でも、その場は黙って引き下がりました。あの人を怒らせるのは得策ではありませんから。気を鎮めて不世出の大商人だとか、何とか、あの人が抱きしめたくなるような褒め言葉を晩酌の肴にするほかありません。まあ、これは結構効き目があったんですよ。夫婦ですから、その先のお楽しみもありますしね。うちの人、吉原とかの男の遊び場には足を向けないんです。骨の髄までケチで、あれにその都度お金を出すのは損だって思ってたんでしょうね。ですんで、着物や帯、化粧代なんかについての小言はいつもの痴話喧嘩で、おようを辞めさせるなんて話も、そのうち消えてなくなるとあたしは思ってました。ですから、あたしがうちの人を殺すなんてこと、ありゃしないんです、ねえ？」

　話し終えるとふふっと笑って相づちをもとめた。

「真助さんとは互いに想い合っているのでは？　真助さんはあなたと添いたいと思われているようですが」

「あら、それ本当？」

お美多は顔を輝かせた。

「ええ」

「だとしたら、うれしいわ。あたしね、佐野屋に嫁に来てからずーっと、あの真助さんに片想いだったのよ。うちの人がお金のほかは何も惹かれるものがない男なら、あの人はうちの人とは何もかも正反対で、欠けてたのはお金だけですもの。うちの人が死んだ今はあの人が佐野屋の主、あたし、とうとう、何もかも手に入れられたのね。あ、でも、あたし、こうなるように仕組んでうちの人を手に掛けたりはしていませんよ。真助さん、もう十年以上、あたしから言い寄ってるのに逃げてばかり。あたしと添いたいなんてほんとに言ったのかしら？　そちらがあたしに殺しを白状させるためだったりして――」

お美多は桂助に疑わしげな目を向けてから、部屋から出ていった。

すると、入れ替わるように本橋が道具箱を抱えて入ってきた。

「真助さんから先生はここにおいでだと教えてもらいました」

「実はここへわたしを案内してくれたのもその真助さんなのです」

桂助は真助がこちらの意図を察知していて、兄殺しを白状したことや、跡継ぎだと持ち上げられてこき使われてきた甥の柊吉、元は名だたる骨董屋の娘で、今はあえて小間使いに身を落としているおよう、真助に心を寄せるお美多との話をかいつまんで伝えた。

「柊吉さん、おようさん、お美多さんには皆、それぞれ玄兵衛さんを殺す理由があります」

「そうなると、玄兵衛さんが殺された時、家族は皆、この屋敷に居たそうですから、白状した真助さんが庇っているのは誰かということになりますね」

「刀が使える人です」

桂助は天井を見上げて血痕を指差した。

「この部屋で突き殺したのであれば、少し修練すれば誰でも、たとえ非力な女でもやれないことはありません」

主家を出奔した本橋は元武士であった。

「それにしても柱に使われている檜(ひのき)の質をはじめ、凝りに凝っているというのにそれと感じさせない、潔く一分の隙もない造りですね」

本橋も部屋全体を見廻(みまわ)し、桂助も釣られてもう一度丹念に見ていく。

「あれ」

桂助が押し入れの唐紙に緑色の糸を見つけて、

「ああ」

　本橋が頷いて、

「金五さんはたしか緑色の洋装でしたね」

「帽子も緑で細い布、緑のリボンが巻かれていました。それは緑色のリボンの端が解(ほど)けた糸だと思います」

　桂助は即座に押し入れの襖(ふすま)を引いた。

　本橋は押し入れの中の布団を取り除(の)けると、

「あそこにも緑の糸があります」

　漆喰(しっくい)の壁を指差した。

　二人は空の押し入れに入った。壁にはべったりと血糊(ちのり)が付いていて、緑の糸がその上に貼り付いていた。ただし、その血糊は新しいものではなかった。

　——よかった——

　ひとまず桂助はほっと胸を撫でおろした。

　本橋は血糊と緑の糸が付いている壁と、隣り合っている壁を交互にこんこんと叩き続けた。

「血糊に糸が付いている壁と、隣の壁とでは音が違います」

じっと押し入れの薄暗がりに目を凝らしていて、

「よし、これだ」

思い切って血糊と緑の糸が付いている壁に全身の力をかけた。すると壁の一部が大きくくるりと反転して扉の形に穴が開いた。危うくその穴に落ちそうになった本橋を桂助が引っ張った。

「何と隠し部屋があったとは。血糊と糸がなければ気づかなかった。やはりこの部屋はたいした造りです」

本橋は落下しそうになったこともあり、仰天しつつも青ざめていた。

「階下(した)に行ってみましょう」

桂助は掛燭の蝋燭(ろうそく)に火を灯(とも)すと、本橋を促して階下へと続いている階段を下りた。

細長い木箱が所狭しと並んでいる。刀が納められている箱である。近づいて箱書きに目をこらすと、備前長船兼次(びぜんおさふねかねつぐ)、山城越中守正行(やましろえっちゅうのかみまさゆき)――等とある。

「凄(すさ)まじい数の刀ですね」

思わず本橋が洩らした。名刀はどんな骨董品にも増して、異国の人たちが喜び、高値がつく。

饐(す)えた血の匂いがした。

二人は匂いの強い方へと歩いて土間に屈み込んだ。夥しい血が流れて固まっている。

――これだけ出血すると命に関わるのだが――

桂助は懸命に探したが骸は見つからなかった。

二人はこの地下の隠し部屋に、左右に分かれる道がついていることに気がついた。左の道を選んだのは緑色の糸が示していたからであった。

道はなだらかな坂になっていてしばらく歩き続けると、戸に行き当たった。そこもやはり、力いっぱい押してみると、反転して地上の光がまぶしく二人に注がれた。外に出てみるとそこにはもう扉らしきものはなく、見事に屋敷の外壁と一体化していた。

――ここは――

すぐ目の前に岸田に呼ばれると通されることの多かった茶室が見える。

桂助が茶室の扉を開けると、

「やっと来てくれたね」

ドレス姿の金五が切られている炉の前に座っていた。

「おいら、隠し部屋のこと、父上に教えてもらってたんだよ。押し入れの奥から続いてる地下に道が二つあったでしょ。右へ行くとあの大広間に行き着く。左だとここ。ここにもう一つ隠し部屋があるんだよ」

金五は灰の中に手を入れ、鍵を取り出し、炉の脇の畳を上げた。鍵穴のある羽目板が見えた。この鍵穴に鍵を差し込んで回すと羽目板が外れた。下へと続く縄梯子が掛けられていた。一人ずつ下りて行く。部屋の押し入れの階下にあった部屋の半分ほどの広さであった。

「御側用人のところとか、重臣のお屋敷には公方様がお忍びで立ち寄ることがあるんだけど、誰かに襲われるっていう、危なさもあるよね。それで、おもてなしする大広間で襲われたら、父上の部屋の下にある隠し部屋にお逃げいただくことになってた。茶室で同じことが起きかけたら、直ちにここへお隠れいただく。父上の遥か前の重臣の一人がここに二箇所、隠し部屋を拵えて、密かに伝えてきたんだって――」

金五はまずこれら隠し部屋の目的を語った。

九

「しかし、どうして金五さんはすぐにこの隠し部屋と玄兵衛さん殺しを結びつけられたのでしょうか？」

桂助は訊かずにはいられなかった。

「おいらね、桂助先生の知り合いだっていう異人さんが話しかけてた時、こりゃ、大広間に居ると見破られるかもしれないと思ったんだ。知り合いの異人さんなんて、予定に入っていなかったのに突然、出てきちゃうんだから。それで、どうせ桂助先生もここを見に来るんだろうって思って、誰にも会わないここで待ってることにした。そのうち、あることを思い出した。あの真助さんがおいらにも目録を渡してくれた時の手の指のこと。爪の間に灰が詰まってたんだよね。それでこれはもしかして、隠し部屋を使っての殺しじゃないかって閃(ひらめ)いたんだ。試したことはなかったけど、父上が教えてくれてたように、押し入れの壁から地下へ、そこから左の道を通って茶室の前に出た。その後、茶室に入ってここへたどり着いて、また茶室へ戻って待ってたってわけだよ。それにしても、桂助先生たち、遅すぎだよ。おいら、ここで地下の骸と一緒じゃ、ちょいと怖かったよ。あっぱれな骸だけど骸は骸なんだから」

金五は少々恨みがましそうな目を向けた。

「その骸というのはあれですか？」

桂助は地下の隠し通路の中ほどにある長持ちに歩み寄った。蓋を開ける。

「なるほど――」

髷の真っ白な老爺(ろうや)の骸だった。痩せて小柄な骸の腹から下が黒い。饐えた血の匂いがした。

「窶れ果てていて見るかげもありませんが、この方は紛れもなく高見堂の御主人かと。以前、この方にも頼まれて入れ歯を拵えたことがあります」

本橋はまじまじと窄んでいない骸の口元を見ている。

「ん。刀剣の品揃えでは江戸一の高見堂六右衛門だよ」

金五は頷いた。

本橋は骸の上のどっしりとした風格の刀を見つめて、

「六右衛門さんと一緒に店から名刀中の名刀大獅子丸がなくなったことは耳にしていました。刀剣の好事家なら誰でも欲しがる、せめて一度は拝みたいと思ってやまない品です。入れ歯作りで高見堂に通っていた頃、六右衛門さんに見せていただいたことがあります。刀身の凄みのある光と様子もさることながら、それにふさわしく、柄の頭、目貫、縁、小柄、鍔までもが一分の隙なく仕上げられていて、まさに魅入られるとはこのこと、かつて武家の身で刀に親しむことの多かったわたしは、身の毛がよだつ思いがいたしました」

刀に見入った。

「失礼します」

桂助はその大獅子丸に手を伸ばして取り上げると、光が差し込んできている縄梯子の方へと歩きかけて、

「お二人も」

本橋と金五を促した。

桂助は光の中でさっと鞘を抜き放ち、しばし息を詰めて抜き身を調べ、

「これを見てください」

刀を二人の眼前に晒した。

「そ、それは間違いなく大獅子丸」

本橋は腰を抜かしかけたが、

「うっすらとだけど血がこびりついてる」

金五は目を凝らして呟いた。

「高見堂の至宝ですのでお返ししなければ仏様に叱られますね」

桂助は抜き身を鞘に戻すと元通り、骸の上に置きかけて、

「もしや――」

胸元の膨らみに気がついた。

手を差し入れると一通の文が出てきた。桂助たちは一気に読んだ。文には以下のよ

うにあった。

佐野屋玄兵衛は言葉巧みに商いを持ちかけてきて、当初は売値よりも驚くほど高く買ってくれていました。ところがそのうちに、買い上げたものは偽物だと言い出し、悪い評判を立てられるのは嫌だろうから、今まで買い上げた刀剣の代金は貸したことにすると脅されました。刀剣は返してはもらえず、高見堂は利子をも含む、厖大な借金を押し付けられたのです。

このままではいずれこの由緒と歴史ある店も佐野屋のものになってしまいます。それではあまりにご先祖様に申し訳が立ちません。

高見堂には、数ある名刀の中でも、戦国の頃の刀匠今山天光によって鍛えられた、並外れた名刀大獅子丸が伝えられています。

玄兵衛の狙いの一つはこれでした。これを差し出せば借金は棒引きにしてやるというのです。

半信半疑でしたが、もはやわたしどもにはこれしか手立てはないと思われました。

わたしは大獅子丸を佐野屋へ持参しました。

わたしを出迎えた大番頭の真助さんは同情顔というか、ことの成り行き、わたしと玄兵衛の取り引きに不安を感じているようでした。

危惧した通りでした。わたしは大獅子丸と引き換えに借用書を返してもらうつもりでしたが、玄兵衛は失くしたと言ってせせら笑うばかりです。わたしの堪忍袋（かんにんぶくろ）の緒は切れました。玄兵衛に飛び掛かって、返せと迫っていたのです。玄兵衛は力の勝る相手ではありませんが、それでも老体のわたしよりも力はありました。わたしが首に手を掛けた時、爪を立てられて跳ね返され、知らずと大獅子丸に手が伸びていました。刀剣が売りの高見堂の初代は武家ですし、代々の主は道場通いで剣術のたしなみがあるのです。

気がつくと畳の上で首から血を噴いて玄兵衛が死んでいました。

わたしは今は玄兵衛が使っているこの部屋のからくりを知っていました。御側用人様だった岸田様とは大獅子丸と関わってご縁があったからです。岸田様は高見堂の先代が亡くなって、わたしが跡を継いだ時、わたしをお屋敷に呼んで、〝世に広く知れ渡っている高見堂の大獅子丸が偽物ではまずかろう〟とだけおっしゃって、本物の大獅子丸をお譲りくださいました。その時、わたしは岸田様と茶室でお目にかかり、ご一緒に外へ出て秘したる出入口から地下を歩き、岸田様のお部屋まで参りました。ですので、当初は大獅子丸を手にして逃げるつもりでおりました。部屋の押し入れから地下へと抜けました。そこで岸田様の時にはなかった夥しい刀剣が入った箱を見ました。それらに玄兵衛の強欲を見ました。同時にそんな玄兵衛に操られて墓穴を掘った自分の欲も見えてしまったのです。

何もかもが空しく感じられました。あの時、本物の大獅子丸をくださった岸田様のお気持ちだけが、心の拠り所のような気がいたしました。せめて、そのお気持ちと本物の大獅子丸に報いたいと切に思いました。わたしは岸田様の大獅子丸に殉じることにいたしました。

これから自害いたします。

わたしの骸を見つけてくださるのは、佐野屋の方々、おそらくここ、玄兵衛から刀剣の宝庫を任されている、真助さんではないかと思います。骸の始末は如何様になさっても結構です。どうか、よろしくお願いいたします。

高見堂六右衛門

この後、桂助たちは地下を大広間へ出る方向へと歩き進んだ。床の間の壁の向こうに隠されている地下と大広間を繋ぐ扉を開けて、片づけをしている真助たちの前へ現れ出た。

柊吉とおようは仰天したが、こうなるであろうと予測していた真助は少しも驚かず、

「あなた様なら、必ずここへおいでになるものと思っておりました。さすがです」

微笑んで讃え、

「佐野屋に玄兵衛殺しの咎人はいないとわかりました」

桂助は帰り支度を始めた。

ひと月ほどして金五は佐野屋に呼ばれた。

「大獅子丸、血がついててほんのちょっとだけ刃こぼれしてたってことで、砥ぎに出されてたんだって。何とぴかぴかになった大獅子丸、おいらのとこに戻ってきたんだよ。大獅子丸、元々は父上のもんだったんだから、おいらに戻したいって、高見堂の六右衛門さんの倅が言ってるってことでさ。高見堂は借用書を真助さんから返してもらって、今まで通りの商いをしてる。でも、おいらは長屋住まいでこんなお宝持ってちゃ、盗まれるのが心配だし、そもそも父上が高見堂にあげてやったもんでしょ。だから、これはやっぱり高見堂にあるべきだと思って断った。その方があの世の父上だってきっと喜ぶだろうと思った。それにしても父上って凄いよ、こんな置き土産ってほかにない。おいら改めて父上を誇らしく思った。父上の子にしてもらってほんとよ

かった」

金五は今までになく自信に溢れた表情を見せた。

この一件を経て本橋は彼岸花の夢を見なくなった。

「代わりに時々、佐野屋玄兵衛さんと六右衛門さんが夢に出てくるんです。お二人で向かい合って茶を飲まれているんです。不思議にどちらも同じ、阿弥陀如来様のような穏やかないいお顔をされています。やはり、人は皆死すれば仏になるのですね」

そう告げた本橋もまた、煩悩を克服した者ならではの澄んだ声音を響かせていた。

佐野屋では玄兵衛の喪が明けるのを待って、柊吉とおようが祝言を挙げることとなった。佐野屋の乗っ取りに遭った骨董屋の娘であるおようにとって、玄兵衛の血を分けた甥の柊吉は宿敵と世間に知れてしまっている。果たして二人は冥界の魑魅魍魎たちの虜とならずに、無事添い遂げられるものだろうかと巷の噂になっていた。

噂にはまだ続きがあった。亡夫の弟真助と一緒になるものだとばかり思われていたお美多は、佐野屋の身代の一部の大枚を貰い受けて屋敷を出て行った。

「真助さんと一緒に若い跡継ぎ夫婦のために力を尽くすなんてまっぴら。真助さんはそれが生き甲斐でしょうけどあたしは違う。いつまでも綺麗で、死ぬまで贅沢。あたしはあたしの好きなように生きるわ」

お美多は高らかに笑ったと言う。これも評判になっていた。

桂助は表がバラで裏が鳥の模様のペンダントを志保に贈った。

志保はずっと無言で下を向いていた。

「もしかして、気に入らなかったのですか？」

桂助が案じると、

「いいえ、とんでもない」

志保は涙声で応え、

「何って綺麗で可愛らしいのでしょう。うれしすぎて涙が止まりません。ああ、でも、こういう時は笑いたいわ、あのお美多さんみたいに」

無理やり笑おうとして咳込み（せきこ）、一層頬を濡らした。

第四話　寒竹の筍

一

「お疲れ様でした。麻酔から醒めた患者様は、痛みを訴えておられましたが、痛み止めが効いて今はよく眠っておられます」

朝一番に舌癌の切除手術をこなし、何人かの他の患者を見終わった桂助に志保は遅めの朝餉を用意した。志保は石窯で手に入りにくいパンを焼いた献立と、炊き立てのご飯に味噌汁、納豆かめざしという和の献立とを交互に作っている。

「あちらにいる時はご飯と味噌汁がなつかしかったものですが、こちらへ戻ってみるとあちらではブレッドと言っていたパンやベーコン付きの卵料理等の朝食も、結構悪くないと思うのですから不思議なものですね」

この日の朝食は焼き立てのパンとスクランブルエッグ、ミルク紅茶であった。パン同様、ベーコンやハム、ソーセージ等の加工肉類もまだそうは出回っていない。

「あちらにも忘れられない思い出がおありだからでは？」

応えた志保はこの日の桂助が患者の施術後に見せた、曰く言い難い感動の表情をアメリカでの思い出に重ねていた。桂助は帰ってきて初めて、舌癌患者にクロロホルム麻酔をかけて切除術を行ってからというもの、繰り返し感動し続けている。

「実は一件一件、全身麻酔での舌癌の切除手術を終えるたびに、あちらのドクター・ブラウンの施術後の涙を思い出すのです」

　桂助のこの言葉に、

「アメリカの歯科医がクロロホルムでの全身麻酔を発案するまで、医術の進んだ欧州においても、行われていた舌癌切除手術の成功例は少なかったと聞きました。何でも、緊張し恐ろしさに怯(おび)えきっている患者さんの頭を、何人かで押さえつけて動かないようにしておいて、患部のある舌を口から引き出してメスで切り取る。止血は熱い鏝(こて)を当てて焼いていたとか――。激痛のために心の臓が止まって亡くなる例も少なくはなかったそうです。見学する機会のあったブラウン先生は、あれはまるで施術ではなく拷問(ごうもん)、こちらで言う責め詮議(せんぎ)のようだったとおっしゃっていました。それで患者さんが安らかな寝息を立てつつ、少しの痛みもなく、切除手術を終えるのを目にするたびに、つい感極まってしまうのだと話してくださいました」

　志保は共通の思い出を口にした。

「口中の癌のほとんどが舌の側縁に出来ることの多い舌癌です。目に見えるところの癌なので気がつきやすいのですが、歯抜きと異なり、完全に癌を切除するのには時が要ります。何しろ、口中は狭く奥深く、眠っていない患者さんに口を開けっぱなしにさせて、患部を固定するのも大変な上に、メスで切り取るとなると、この間の痛みは、もはや烏頭や細辛等の痛み止めの塗り薬では止められません。華岡青洲先生が考案された服用の全身麻酔薬は有効ですが、副作用で目覚めずに死に至ることがありました。それで日本では外科の知識に暗い漢方が主流だったこともあり、長きに渉って、舌癌は不治の病でした。むしばの行く末が歯の死を免れないのだとしたら、舌癌は短い人生を意味していたのです。舌癌の前にわたしたちはあまりに無力でした。ところが今、麻酔のおかげで、安らかにして外科切除を行い、命を救うことができるようになりました。これはまさに患者、医者ともどもの勝利なのです」

桂助は熱く語った後、

「悩みは器具はあるのに麻酔薬が足りないことですが――」

大きくため息をついた。

お房が用意してくれていた麻酔用のクロロホルムがそろそろ底をつき始めていた。

桂助から何とかならないかと頼まれたお房は、

「兄さんのためならできることは何なりと力を貸したいのだけれど、こればかりはなかなか――。公にはされていないけれど、麻酔はお上の差配下にあるらしく、順番もあってなかなか自由には手に入らないらしいの。この通りよ、ごめんなさい、もう少し待って」

忙中を縫って訪ねてきて頭を下げた。

「このところ患者さんは増える一方ですしね」

志保も桂助に倣って吐息をついた。

〈いしゃ・は・くち〉では、看板の横に、〃本日、口中に長きに渉っての気になる爛れを拝見、診断、治療いたします〃と書いた木札を下げ、癌の疑いのある口中を診たり、切除したりする特別な診療日を決めている。

麻酔による切除手術を受けた患者は、その後、術部が腫れたり、痛みを訴えるので、術後数日は桂助が預かって様子を見る。ちなみに預かり患者の世話は粥や滋養の高い牛乳を主として、志保が渾身を傾けている。

いつしか、こうした手厚い施術、入院治療は密かに評判を呼んでいた。そして、決められた日には、口中に不安を抱えている人たちが早朝から訪れるようになってきていた。これが結構な数であった。

こうした歯痛以外の患者たちは待合室で以下のような問いが書かれた紙に、〃心当たりある〃か、〃心当たりなし〃のいずれかに印をつけさせられる。

・口中に傷や出来物ができていませんか？
・その傷や出来物に痛みや腫れはありませんか？
・長く腫れや痛みが続いていますか？
・膿が出ていますか？
・出来物が大きくなってきていませんか？
・飲み物、食べ物がしみたりしていませんか？
・首が腫れていませんか？
・腫れから血が出ていませんか？
・舌が厚くなってきてざらざらした箇所があったり、特に縁にしこりがありませんか？
・舌の色が変わってきていませんか？
・舌がしびれていませんか？
・食べ物が噛みづらくありませんか？
癌は命に関わる病なので、ぱっと口中を診た医者の決めつけではなく、患者の自覚症状を重視し、丁寧な診たてと治療をしたいという桂助の配慮のあらわれであった。

この日、午後からの診療で癌の疑いがある患者は一人もいなかった。

――今日はよい日だ――

――ほんとうに――

診療室の桂助は志保と目で頷き合いつつ、共に安堵の面持ちで最後の一人を迎えた。

「これは――」

桂助は相手が差し出した問いに答が選択されている紙を見て仰天した。尾形喜久治と書かれた問診票の問いすべてに〝心当たりある〟の丸がついていたからだった。近くに居た志保も目の端で答を読んで幾分青ざめている。

「大丈夫ですか？」

志保は思わず相手に訊いてしまった。

相手は帽子を目深に被って眼鏡をかけ、鼻の下に髭を蓄えている。身形もきちんと整っていた。

「それでは診察します」

桂助の指示に相手は仕立ての悪くない背広の上着のポケットから、紙を出してきて二人に見せた。以下のようにあった。

そちらの問いにはありませんでしたが、飲み込みにくい、話しづらい上に、顎（あご）や舌が動かしにくいのです。しゃべれず口を開けません。どうか、このままここへ入院させてください、お願いです。

手帳を破って書いたと思われるが、几帳面（きちょうめん）な字面であった。

「そうおっしゃられても診せていただかないと――まずは口を開いてください」

桂助は引かなかった。

すると、相手の僅かに開いた口から血の筋が流れ始めた。

「これはいかん」

桂助は意外な機敏さで身を引きかけた相手の唇に両手をかけた。瞬時にそこを広げて口中を見る。ぺっぺっと血の塊が吐き出される。志保は慌てて膿盆（のうぼん）で受けた。

「わかりました。おっしゃるようにいたします。尾形喜久治さん、あなたをこちらでお預かりしましょう」

桂助が緊張した面持ちで大きく頷くと、

「それではこちらへどうぞ」

志保が手術した患者の隣の部屋へと相手を案内した。

その後二人はこのような会話を交わし合った。

「何本もの釘か何かを同時に引っ掻き回すように嚙んで、さんざん自分で口中を傷つけたのでしょう、舌も歯茎も他の箇所も傷だらけ、血まみれでした。あそこまで酷いとどこに病変があるのか、見分けることができませんでした。それで預かることにしたのです」

桂助は苦い顔になっている。

「こちらからの問いの答とご自身が紙に書いていた自覚症状が真実だとしたら、尾形さんの癌はすでに相当悪くなっている。助からないとわかって自棄になっているのでは？　ああ、何ということ、もっと早く見つけてさえいれば――」

志保もまた、悲痛な面持ちであった。

いくら麻酔によって切除が可能となっていても、舌を全部取ってしまわなければならないほど悪いとなると命は救えない。すでに他所へと癌が飛んでしまっていることが多く、全摘したとしても、ろくに話せず、食べられずに死を待つ身となるので、手術は見合わせられる。

「今、わたしにできることは尾形さんの口中につけられた傷を一日も早く癒して、的確な診断をすることです。それには滋養のある三度三度の病人食が必要です」

桂助の言葉に、

「わたしに任せて。あまり沁みずに喉を通るコンソメやポタージュで元気を出してもらいましょう」

志保は力強く応えた。

「今夜からは尾形さんの隣の部屋で寝ます。正直、あそこまでのことをする尾形さんに、何かあったらと案じられます」

桂助は寝ずの見張りを決意した。

二

鋼次は毎日ではなかったが〈いしゃ・は・くち〉を訪れていた。

「これがたまんねえもんな」

志保が淹れる紅茶や珈琲、好物のクッキーを目を細めて楽しむ。鋼次はチョコレートクッキーの他にラムボールも好みであった。アーモンド粉と砂糖、ラム酒を混ぜ合わせボール型に丸め、粉砂糖をまぶして乾かすだけのものである。アメリカに居た頃、美鈴(みすず)はこれを欠かさず作っていた。そのことを思い出した志保は、まず手に入らないアーモンド粉を黄粉(きなこ)に代えて、ラム酒ではなく酒で溶いた少量の酒粕(さけかす)を用いてみた。

「さっすがあ、志保さん、こいつもいいよ」

鋼次が喜んでくれた。

「それでは今度は美鈴さんにお持ちして」

志保にとっては自然な言葉だったが、なぜか鋼次は少しの間、無言だった。

すでに桂助から佐野屋(さのや)で美鈴の父親芳田屋太郎右衛門(よしだやたろうえもん)と会った話は聞いている。

「美鈴さんのご両親が鋼さんたち家族の幸せを、何より願っているとわかって安心しました。今しばらくすれば元通りになりますよ」

そんな桂助の言葉に、

「親子の絆(きずな)が密だからこそ、ご両親はここまで美鈴さんやお佳(よし)ちゃん、鋼次さんのことを案じるのでしょうね。羨ましいような気もします」

すでに両親がこの世に居ない志保はつい本音を洩(も)らした。それもあって、ラムボールならぬ、酒ボールを美鈴へのお持たせにと鋼次に提案した際、

「それから美鈴、袋に緩めのタネを入れといて、天板に絞り出して焼いた筋模様のクッキーが好きなんだよ。俺は何だって好きだけどさ」

と躱(かわ)されて初めて志保は気がついた。

──もしかして、美鈴さん、わたしのこと──

志保が心に刺さって抜けない棘(とげ)のようなものを感じ続けていると、思いがけず美鈴から志保宛てに文(ふみ)が届いた。


お元気ですか？

その節はお世話になりました。

とにかく両親が心配性で困ります。

このところ、そちらの薬草園の夢をよく見ます。思えば、わたしも一時、あそこの水やりをこなしていたのでした。

両親はハイカラを気取っているので、ここの庭で西洋野菜を育てて、喜ばせたいと思いつきました。

わたしは買いもとめてばかりでしたが、あなたはあちらでも薬草や野菜を育てていましたよね。どんなものならわたしにでも育てられるかしら？

どうか相談に乗ってください。必ずおいでくださいね。

美鈴

志保様

この文を志保は桂助に見せた。

「やっといつもの美鈴さんらしくなってきたじゃないですか。よかった」

桂助は微笑(ほほえ)んだが、

「ええ、でも、このまま美鈴さんはお佳ちゃんとお実家(さと)に留(とど)まるつもりではないかと――」

志保は危惧を口にした。その実、

――美鈴さんにはきっと今まで堪(こら)えてきたわたしへの想(おも)いがあるのだわ。それが今度の菜園計画と関わって、お佳ちゃんと二人、お実家に根を下ろしてしまってはいけない――

一瞬、断りの文を出そうとまで考えたが、

――駄目、駄目。そんなことをしたら喧嘩(けんか)を売るようなものだわ――

思い直して以下のような、書いているうちに長くなってしまった文を出した。

ゆっくりと優雅にこの国の秋が深まっています。あちらの我が家の庭に咲いていたコスモスを覚えていますか？　あなたの好きだったコスモスの花は賑やかに、また華やかに、秋風に揺れていました。なぜか、今、〈いしゃ・は・くち〉の薬草園にそのコスモスが咲いています。

他所では見かけませんから、あちらを発つ時にわたしの着ていた物か持ち物に種が付いていて芽吹いたのでしょう。あちらでも同じことがありましたね。我が家に咲くコスモスを見て、マリー夫人がこの国では見かけない花だけど、あなた方が植えたのかとお尋ねになりましたね。わたしたちも初めて見る花なので何も分かりません、とお答えすると、通りがかりの方がコスモスと教えてくれましたね。その方のお国では至る所に咲いているとか。そして、以前に、その国から来た方の衣服や荷物についていた種が芽吹いたのでしょう。ともおっしゃっていましたね。こうやって、花はいろいろの国に広がって、多くの人の目を喜ばせているのでしょうね。

こちらへ帰ってきてそう時は過ぎていませんが、あちらでの労苦までもがなつかしく思い出されます。

家庭菜園の件、今がちょうど秋蒔き、秋植えの時季です。うちでは以下のようなものを植えてみました。天子様の御所菜園でならいざ知らず、たしかに西洋野菜やハーブと呼ばれている香草も容易には手に入りませんものね。

それとうちでは西洋野菜に拘らず、あると便利な野菜も作ることにしています。

ともあれ、家庭菜園に取り組んで、寒さの中でじっくり育った冬野菜の美味しい甘味を年末から年明けにかけて楽しむには、今すぐ種蒔きや苗植えをすることをお勧めします。今を逃すと寒すぎて芽が出なかったり、育ちにくかったりするからです。

・種から育てる秋蒔きのもの
ほうれん草　害虫にご注意
春菊
カブ
・苗から育てる秋植えのもの
大根
いちご　家の中で育てた花が咲いたら肥料を
・その他の秋植えのもの
玉ねぎ　子球から育てる
じゃがいも　大きな芽が出た種芋から育てる
分葱　球根から育てる

・香草
持ち帰りの種から育てている
タイム
パセリ
チャービル
チャイブ
知り合いの植木屋さんから苗を分けてもらって育てている
ローズマリー

なお、そろそろ朝晩の寒暖の差が出てきていますので、芽が出るのにぎりぎりのところです。お急ぎでしょうから、これらの種や苗、子球、種芋、球根等は数をお報せいただければ知り合いの業者をご紹介します。
手持ちの香草の種は業者でも手に入らないもののようですので、いずれ、お目にかかった時にでもと思っています。

志保

美鈴様

この後、美鈴から注文したい種や苗の一覧が届くと、志保は知り合いの植木屋への仲介の労をとった。志保は植物全般にくわしく、土いじりは大好きなので、内心、手伝いに行きたくて仕様がなかったが、

——あちらでは美鈴さんに対して、わたしの世話好きが高じていたような気がする——

ここはぐっと我慢した。

その折、訪れた鋼次は、

「土を耕すとか苗床作り、種蒔きとやらを、すっかり手伝わされちまったよ。ああ、でも冬場に美味い野菜が食えるのはうれしいよね。それと美鈴、この菜園を芳田屋のおとっつぁんたちとの絆にするつもりだって言ってる。あっちじゃ、俺が渡した美鈴たちの世話料、やっと収めてくれたことだし、誰でも三度の飯は欠かせねえんだから、いいんじゃないかね、こういうのも——」

美鈴の両親から贈られたという、夫婦揃いのエナメルの指輪を守り袋の中から出して見せてくれた。

「志保さんにだけ見せるんだよ。他の人に言わないでくれよ。美鈴は嵌めててくれっ

ていうし、いい出来のもんだと思うけど、そいつばかしは勘弁だよ」

ぼやきつつも実は惚気(のろけ)ていて機嫌は悪くなかった。

「それなら、わたしもお見せするわ」

着物姿の志保は懐から、バラの花と集う鳥たちのペンダントをそっと引き出して見せた。

「それって、ひょっとして桂さんから？」

目を丸くした鋼次に、

「もちろんです」

自信たっぷりに応えた志保はふと、

――もしかしたら、美鈴さん、わたしが美鈴さんより先に鋼次さんを知ってたこと、仕様がないと思いつつも気に掛かってたのかもしれない――

そんな疑念も抱いた。

一方の鋼次は、

「よおっし、決めたっ、俺もこれぞというもんを美鈴に拵(こしら)えて贈ってやる。美鈴は洋服好きだから、ペンダントとかの飾り物は作り甲斐(がい)がある。美鈴を想う気持ちだけは、桂さんの志保さんへの想いに負けたくないんだ。元かざり職の腕が鳴ってきたぜ」

拳を固めてはしゃいだ。

三

尾形喜久治と名乗る末期舌癌の可能性が高い患者は、入院して十日を過ぎてもまだ一言も桂助たちと話さない。口中の治療も難しかった。尾形は志保があれこれと気を配って作る、粥や汁、スープの類、ゼリー等を残さず食べていた。そして、よく眠っている。

これなら口中の傷はとっくに治っていておかしくないし、傷つけそうなものは取り上げてあるのだが、傷が治りかけるとまた何らかの方法で口中に傷をつけ、口中は元のもくあみ、再び血まみれとなった。

一方、この日の昼時、鋼次が来ていたので、鋼次の好物を昼餉にすることになった。志保が炊いた栗ご飯と、桂助が七輪で焼いた秋刀魚の塩焼きの昼餉である。診療室と改めた元の治療処で、各々が膳に向かいながら尾形喜久治の話が続けられていく。

「それって、病んでるのは歯とかの口中じゃなくて、ここなんじゃないのかい？」

尾形の話になった時、鋼次は人差し指で自分の頭をこんこんと弾いた。

「アメリカにも居たじゃないか、食べ物じゃないのに何でもかんでもおかまいなしに飲み込んじゃう患者。そうそう、具合が悪くなって腹を開いたら、布の切れ端がどっさり出てきてた」

「そうは言っても、ここはアメリカではありませんから、その手の心の病の患者をきちんと診ることのできる病院はないのでは？　どこかに閉じ込められて一生を終えるようでは可哀相すぎます」

志保も鋼次の指摘に同感のようだったが、

「それでは何の病なのかと問われて応えることはできないのですが、わたしは尾形さんは心の病などではないと思っています」

言い切った桂助は首を横に振って、

「第一に尾形さんは口中を傷つけるだけで飲み込んではいません。ここが違います。また、手当たり次第に何でも口に入れるわけでもありません。尾形さんはあえて口中の自傷を繰り返しているだけです」

理路整然と反論した。

「けど、それ、いったい何のためだよ？」

鋼次は首を傾げた。

「何か理由があって口中をわたしに診られたくないからではないでしょうか？　これはわたしの推測ですが、尾形さんの口中の特に舌や歯茎は傷だらけですが、一本のむしばも見当たりませんでした。もちろん、傷ついて血まみれとはいえ、歯茎に歯草の徴候も見られませんでした」

「まさか、そいつは口中の病なんかじゃねえ？」

鋼次は一瞬あっけにとられて、

「でも、そんなはずねえよな、何でもねえのにここに居座り続けるなんて、志保さん手ずからの三度の飯に釣られて？　まあ、そういうこともあるかもしんねえけど――」

うーむと唸り、

「それはあり得ません。だって口中を病んでいなかったら、外に出て、いくらでも美味しいものが食べられるのですから」

志保は真顔で否定した。

「とにかく、一人より二人、二人より三人ですよ。鋼さん、昼過ぎから尾形さんの診察があるので一緒に観察してください」

桂助の言葉に、

「よし、わかった、俺にどんと任しといてくれ」

鋼次は胸を叩(たた)いた。そしてその目が救いの神である虫歯の削り機の方へとじっと注がれた。桂助はそんな鋼次の様子を見て、

――鋼さんはこの機械を自在に動かせる技を、アメリカで血の滲(にじ)むような思いをして習得してきただけに、一刻も早くここで動かして、多くの患者さんたちのむしばを抜かずに救いたいことだろう――

焦りに似たものを感じた。

――医術の技は日々の研鑽(けんさん)で維持される。いつまでもこれを試せずにいたら鋼さんもわたしも腕が鈍る。何とかしないと――

しかし、〈いしゃ・は・くち〉を訪れる患者たちの多くは、従来通り、歯抜きを前提とした痛み止めの処置を望んでいた。虫歯の穴に痛み止めの胡椒(こしょう)、明礬(みょうばん)、乳香(にゅうこう)等を詰めてもらえば、しばらくは歯の痛みを忘れていられるという案配であった。

一度だけ、思い切って、〝本日無料で最新の機械を使い、歯の根管を治療して残す治療いたします〟と記した引き札を配ってみたが、その日、患者は一人も〈いしゃ・は・くち〉を訪れなかった。

「これって、まずは患者用の椅子が見慣れねえもんだし、黒くてぴかぴか。まさに魔

物の座りそうなもんだろ？　削り機の方は魔物が操る、変わった形の新手の飛び道具みてえに見えるらしいんだ。人が椅子に座って、あれこれされたら、歯どころか魂まで抜かれちまうって本気で皆、信じてるんだよね。どこまで迷信屋ばっかりで、物分かりが悪いんだか――。とはいえ、俺もアメリカへ行ってなくて、いきなり、こいつが出てきたら、やっぱり度胆を抜かれて怪しむんだろうけどさ。それでも、見えないとこに隠さないでここへ置いといてくれ。治療に通うたびにいつも見てりゃ、そのうち、慣れてきて魔物じゃないとわかり、こいつを試して歯が助かる奴だって出てくるさ」

鋼次がそう自分に言い聞かせるように洩らした。

歯の救いの神であり、桂助たちが大金を払っただけではなく、ブラウン院長の伝手をも辿らなければ入手できなかったこの機械について、お房は別の考えを持っていた。

「歯は、身分の上下も富のあるなしとも関わりなく痛むものでしょう？　だとすると、政府の要職に就いてて羽振りのいいお役人とか、元大名家の御殿様でそれほど没落していない方々、美鈴さんのお実家の芳田屋さんとかのお大尽たち、またはお仕事でこの国に来ている西洋人の皆さんたちだって、歯痛に苦しんでいるはず。こうした方々はアメリカ人が横浜で開業した時、どんなにお金がかかってもいいから、むしばや歯草を治療して抜かずに済ませたいと望んで、飛んで行ったそうよ。わたしだって、そうだったでしょう。兄さんの腕は西洋人の歯医者なんかに決して負けないはずだから、この人たちが知れば我も我もとなる。紹介していいんなら、いつでもいたしますよ」

仕事帰りで疲れているに違いないのに、わざわざ寄って、そう告げた妹に、

「それではこのさくら坂に戻ってきた意味がない」

桂助はにべもなく断った。

——それにこの件は鋼さんが主で進めるべきものだ——

歯を抜かずに残せる、歯の削り機での治療が暗礁に乗り上げてしまっているというのに、麻酔による舌癌等の口中の難病手術が、評判を呼んでいることに桂助は引け目を感じないでもなかった。

「相変わらずねえ、兄さんは」

お房は呆れてはいたが、志保に、

「だから、わたし、兄さんのこと、昔から尊敬してるんだけどね。でも、こういう兄さん、支えるのはとても大変だと思う。志保さん、いえ、義姉さん、くれぐれもよろしくお願いします」

深々と頭を下げて、意外に神妙な顔で帰って行ったことがあった。

昼餉が終わり、さて、桂助、志保に鋼次が加わって、入院患者尾形喜久治の診療を始めようとした矢先、郵便配達人が二通の文を届けてきた。一通目はお房からのもので、桂助が頼んでいた麻酔薬の入手についての返事だった。

まずはごめんなさいと言わなければなりません。力は尽くしましたが、わたし一人の力では麻酔薬を追加で補充するのは無理でした。麻酔薬は使い方次第で命を脅かすものとなりかねないので、役所の管轄だと言われてしまえばそれまでだからです。道理にも適(かな)っています。

ですけれど、兄さん、これはうわべのことです。〝人あるところによしみあり〟というのがおとっつぁんの口癖ですが、実は何と政府のお偉方や富裕な方々は、アメリカ仕込みの歯科の根管を治療して残す治療の恩恵を受けたがっているのです。この手の人たちさえ診ればもう、麻酔薬の不足に悩むことはないのです。

兄さんも経験でわかっていることでしょうが、この人たちは削る時の痛みを嫌うので、抜くのではなく、削るのであっても麻酔が欠かせないからです。兄さんなら知っているでしょうが、アメリカの歯医者が麻酔を我が物としてから、たったの十年やそこらで欧州全体に広まったのですからね。イギリスの女王様が麻酔の力を得て、陣痛を楽に済ませたのは有名な話ですし、とにかく、人の無痛への願望ははかりしれないのです。

こんなことを伝えたら、きっと兄さんは怒るだろうとは思いますが、あえて申します。政府のお偉方やお金持ちはとかく特別が好きで、庶民と一緒を嫌がることがあります。わたしは今、非常に心を乱しています。

正直、麻酔薬を切らさずに済むには、政府のお偉方を診るしかありません。けれど、麻酔薬入手のためだけに突き進めば、兄さんがさくら坂へ戻ってきた意味は一体どうなるのでしょう？

わたしは兄さんにこの策を薦(すす)めていいのでしょうか？

房

桂助兄さんへ

四

お房からの文は志保と鋼次も読んだ。

「ブラウン院長のところでも麻酔付きの治療は高額でした」

志保は桂助の胸中を察してこれ以上は言わず、

「ったく、偉そうにしてる役人とか、金持ちってえてのはムカつくよな」

鋼次は拳を固めた。

そこへまた、文が届けられてきた。何と相手はまだ一橋(ひとつばし)を名乗っていた頃、屋敷を抜け出し、けむし長屋に住んでいた豚一(ぶたいち)こと徳川慶喜(よしのぶ)であった。


藤屋桂助、久しぶりよな。

そなたとは、大将になったわしが心労のあまり、阿片(アヘン)で心を鎮めてはいるが、これは手放せなくなる悪癖へと進みかねないゆえ、注意せよとの文を出して以来だ。

知っての通り、わしはめんどうな大将の座を、気の遠くなるほど長きに渉って無聊(ぶりょう)を託(かこ)ってきた京に住まう者に譲った。今は清々して悠々自適の暮らしだ。正直言って、妻だけではなく気に入った妾(めかけ)たちにも囲まれている。生まれる子らはどの子も可愛(かわい)い。

写真・狩猟・投網・囲碁・謡曲等、好きな道楽にも明け暮れている。世はわしをどう見ているか知らぬが、もともとわしは上に立つ器ではなく、そうなりたいと願ったこともありはしないのだ。

これと言って不満のないわしではあるが、そなたたちと市井に親しんだ頃に覚えて取り憑かれた、飴細工と西洋菓子にすっかり溺れてしまった。江戸の市井で知り覚えた飴細工はわしの日課となり、飴で十二支を作り、十二個の飴を日々しゃぶる。クッキーやメレンゲ、チョコレート等、横浜から取り寄せる珍しい西洋菓子にも目がない。阿片は止められてもこれらは無理だ。特に飴細工はそなたたちと親しんだ楽しい思い出が脳裡を過る。しかしこれらがどうもよろしくないようで、このところ歯が痛む。時に眠れぬほど痛むようになってから、かれこれ一年は経つ。

駿府にも口中医は居るので診てもらったところ、〝将軍とおなりになりながら、譲って退かれ、今こうして長らえておられるまでには幾多の艱難辛苦を越えられたことと思います。そのお年齢でここまでお悪い口中は診たことがございません〟と言われた。ふん、大袈裟な口中医よ、だが、ようは匙を投げられてしまったのだ――。

そんな折、渋沢栄一という、わしが徳川の大将だった頃は家臣だった男が訪ねてきた。何でも歯の治療はアメリカが一番だそうだ。東京市中にアメリカ帰りの歯医者という触れ込みの奴が居て、口中の難しい治療をアメリカ仕込みでこなすと評判だとも言う。名を訊いたところ、藤屋桂助、そなたであったぞ。

そこで早速、そなたのところで治療を受けようと思い立った。渋沢もそれがよかろうと言ってくれている。渋沢が駿府まで迎えにきてくれて一緒に向かう。

これがそなたのところへ着く頃には、おそらく、新橋に向かう蒸気機関車に乗っているることだろう。

変わらず歯は痛む。歯茎の痛みでもあるような気もする。

どうか、治療を頼む。

慶喜

藤屋桂助殿

追
わしは痛みに弱い。特に歯の痛みはたとえ治療でも辛い。その点、麻酔を用いて難度の高い手術や治療をこなす、そなたなら間違いあるまいと思っている。

桂助の後、この文を読んだ志保は、

「ご苦労されたのですね」

声を震わせ、鋼次は、

「ま、今威張り散らしている役人たちや、俄（にわ）か成金なんぞより、よほどいい奴だったよね、豚一はさ。あいつ、居なくなった時は寂しかったし」

目を潤ませると、

「それにひきかえ、正気なのにわざと口中に傷をつけて、ここに居座ってる患者騙りはどうかと思うね。魂胆は何なのか、はっきりさせてやろうじゃないか」

拳を目に当てて溢れかけたものを止めた。

「徳川様の口中はきっと大変時がかかる治療になるでしょう。今、お預りしている尾形様が騙りなら、それを認めていただいて、部屋を空けていただかないと――」

志保の言葉に、

「さて、鋼さんにも立ち会ってもらって、今から尾形様の診察をしましょう」

桂助は立ち上がった。

「入ります」

志保が断って、尾形の部屋の戸を引くと、

――これは――

三人は顔を見合わせた。そこはかとではあったが血の匂いがしたからであった。

尾形は〈いしゃ・は・くち〉の入院患者のお仕着せである浴衣を着ずに、訪れた時と変わらない背広姿で帽子を目深に被っている。伸び始めた髪はもじゃもじゃに乱れているというのに、なぜか、口髭だけは手入れが行き届いていた。口からはたらりと血が一筋流れている。

鋼次は伸べられた布団にかけられていた夜着（掛布団）をいきなりめくった。

「思った通りだ」

布団の上に十本ほどの一寸釘があった。布団の上に点々と黒い染みが見える。あっと叫んだ尾形は脱兎のごとくその一寸釘に飛びつくと、夜着を頭から被ってしまった。

「いい加減にしろよな」

鋼次は丸まっている尾形の身体から夜着を引きはがした。尾形の片手は一寸釘を握りしめている。

「まだ、隠し持っていたのですね。なぜあなたは自分の口中を傷つけ続けるのか、わたしたちに話してくれませんか？」

桂助は静かな口調で訊いた。

すると尾形は血が付いている一寸釘を上着のポケットに納めた後、以前と同様に、料紙と矢立を取り出して以下のように記した。

　病を偽ってすみませんでした。お願いです。ここに居させてください。事情は言えませんが、命を狙われているのです。命の危険がなくなれば必ず出ていきます。ついては今日あたり、治療費の代わりにご入用なものが届きます。今しばらくお待ちください。

「治療費の代わりって、こいつ、まだ払ってなかったのかよ」

呆れる鋼次に、

「お願いはしているのですけれど」

請求書が投げ捨てられているごみ入れの方を見て志保は苦笑した。

すると尾形はにやりと笑ってさらに記した。

何も払わないつもりではなかった。治療費よりももっといいものを都合したつもりだ。いずれ感謝されるだろう。わたしにもっと居てほしいと懇願するやもしれぬ。

がらりと変わった居丈高さに、

「何だよ、こいつ、何様なんだい、舐めやがって」

憤慨した鋼次が摑みかかろうとすると、

「まあまあ、鋼さん」

桂助が止めて、

「そろそろ、尾形様のおっしゃる方がおいでになる頃だからお茶の支度をしなくては。鋼次さん、お座敷のお座布団、叩いておいてくださいな」

志保は尾形のそばから鋼次を引き離した。

「わたしも手伝いましょう」

桂助も鋼次と共に庭に出てぱたぱたと座布団を叩き始めた。

「あいつの目、桂さんも見たろ？　ブラウン先生のとこを馘（くび）になったトム・ジョンソンそっくりだったぜ。計算高くて情の欠片（かけら）もない。ぞっとするほど冷たい。それでいて、志保さんのこと、見る目なんて蛇が蛙（かえる）を狙う目だぜ。桂さん、気がついてた？」

鋼次の言葉に、

「なので、尾形さんをお預かりしてからは、わたし一人がこちらで休んでいます」

桂助が応えた時、

「こちらが藤屋桂助さんのお宅でしょうか？」

大八車が玄関で止まり、訪（おとな）いを告げる声がした。

「これらをお届けにまいりました」

曳（ひ）いていた車引きに代わって、荷物と一緒に乗っていた駅員姿の若い男が微笑んで飛び下りてきた。

「横浜よりのお荷物です。どちらへお運びしたらよろしいですか？」

積まれていた木箱が次々に下ろされた。

「いったいどなたからのお荷物なのですか？」

桂助は首を傾げた。

「ああ、それはね——」

若い男はポケットから紙片を取り出すと、

「尾形さん、尾形喜久治さんですな。ここに居られるのでしょう？」

念を押した。

「ええ」

桂助は事実を認めるほかはなかった。

「それでは」

若い男と大八車は帰って行った。

「もうみえたの？」

人の声を聞きつけて志保が出てきた。

「捨てた、捨てた、こんなもん。尾形宛てのものなんか、危なくて仕様がねえ」

吐き捨てるような物言いで鋼次が木箱を三箱いっぺんに持ち上げようとし、

「くそっ、やけに重いな」

放り出しかけたせいで、上の一箱が地面に落ちた。

「何だ、この匂い？　もしかして」

アメリカで嗅ぎ慣れた匂いに慌てた鋼次は転がった木箱を起こして、庭の道具小屋へと走った志保が持ってきた釘抜きで蓋を開けた。一壜（ひとびん）だけではあったが、落とされた弾みでガラス壜が割れている。流れ出る液体からの揮発臭が凄（すさ）まじい。

「まああ」

志保は目こそ瞠（みは）ったが片袖で鼻を押さえて息を止めた。二人も傍（かたわ）らの座布団で顔全体を覆った。

五

この場の三人はエーテル臭から逃れるために一時、中の壜が割れている木箱から遠ざかった。

「尾形様がおっしゃっていた治療費代わりとはこれだったのですね」

桂助の言葉に、

「わたしたちの話を聴いていたのだわ」

志保は眉を寄せた。

「中へ運ぶぜ。ここに置きっぱなしにしとくと、近頃は何でもかんでも持ってく奴が多いから、通りかかって持ってかれちまう。後で高い麻酔薬だって知れたら、売られちまって、戻っちゃ来ねえよ」

鋼次は手拭で鼻から下を覆って首の後ろで縛り、桂助と志保も倣って麻酔薬の入った木箱十箱を診療室の納戸へと運び込んだ。

「それにしても、桂さんや志保さんの話をこっそり立ち聞きしてたとはな。あいつ、いったい何者なんだ？　絶対、化けの皮、ひん剝いてやるからな」

鋼次が意気込んだところで玄関に二台の人力車が止まった。

「藤屋ぁ、来たぞ、来た」

その声に、

「わ、豚一だ、豚一」

何日か同じ釜の飯を食った鋼次が走り出た。桂助と志保も続く。

すでに着流し姿の慶喜は洋装の渋沢栄一に手を取られて人力車を下りていた。痛みに耐え続けてきた慶喜の顔はやや青ざめて歪んで見える。

「お久しぶりです」

桂助は志保と共に頭を垂れた。

「世話になる」

慶喜はちらと鋼次の方を見て、

「長屋のけむしは元気か？」

話しかけたとたん、目を瞬かせ堪え切れずに片袖を当てた。

「痛い、痛い、痛くて敵わん」

そんな相手に、

「俺のこと覚えててくれたんだな」

しんみりと呟いた鋼次の目が潤んだ。

「ここもそう変わってはおらぬな」

なつかしそうに呟いて診療室に入った慶喜は、向かい合って座った桂助の指示で口を開けた。

——なるほど、たしかにこれは酷い——

桂助は心の中で嘆息した。

――これほど重い歯草はアメリカでもそう多くはなかった――

かなり大がかりな施術をしなければならない状態とわかって、桂助は率直に説明することにした。

「あなた様の口中は歯草と言われてきた歯槽膿漏に手酷く冒されています。歯槽膿漏は歯茎の病です。ですので、もとより歯槽膿漏の治療は房楊枝等による徹底的な口中の清めで、歯茎を健やかな状態に戻すことです。それが叶わなければそれ以上進まぬよう、膿んで痛み、いずれは歯のぐらつきの原因となる病んだ歯茎を切開し、膿と悪さをする菌を取り除くことです。ただし、あなた様の場合、こうした治療と並んで、何本かの歯は抜歯するしかないでしょう」

ここまで桂助が話すと、

「そなたは海を渡って、歯を抜かずに治療できる治療法を学んできたのではないか？」

慶喜は憮然とした。

「それはむしばだけで歯周病に罹っていない場合です。そうであって歯の根さえしっかりしていれば、たしかにかなりの症例で残すことができました。けれども、重い歯周病ともなると残した歯が歯周病菌の温床になり、歯の周りの骨が大量に溶けてなくなってしまいます。結果、この状態が続くと口が臭くなったり、肺の臓、心の臓にまで悪さが及び命とりになりかねません。この診たてを御理解の上、治療をお受けいただきたいと思います」

「いよいよあの柘植（つげ）で出来た入れ歯を嵌（は）めて出し入れする身になるのか？」

慶喜は悄然（しょうぜん）とした面持ちになった。

「幸い根が一本だけの前歯上下六本は何とか施術と後の房楊枝清めでこのまま残せそうです。問題なのは奥歯と言われている臼歯（きゅうし）です。あなた様の臼歯は全てむしばになっています。進んだむしばが弱り切った歯茎に埋もれてぐらつきかけている状態です。お痛みはむしばゆえのことだったり、歯茎の腫れだったり、その両方だったりしていることでしょう。これらの何本かは抜くことになるでしょうが、むしばによる根の病巣が致命的でなければ、治療を尽くして架け橋にすることができます」

「架け橋とは？」

「三本続いてある臼歯のうち、真ん中だけは何とか残せた場合、これを架け橋として、左右の人口歯に金や銀の金属を用いてつなげる処置です。ブリッジとも申します」

「そのブリッジとやらでわしは入れ歯の世話にならずに済むのか？」

「今のところの診たてでは。ただし、こればかりは実際に施術してみなければ必ずブリッジが使えるとは申せませんが」

「わかった。そなたを信じて任せる」

「あと、あなた様の歯は何とかなりそうな前歯や犬歯まで歯周病の上にむしばです。今までのむしばの行く末を御存じでしょう？」

「抜くしかなかった。何だ、わしはここまで来て歯無しの入れ歯になるというのか？」

慶喜は顔をひきつらせた。

「日本では抜くしかなかったむしばの治療法について、アメリカ式をお話しいたします。むしばというものは、時折浸みる程度の軽症期、痛みを感じて夜も眠れない、歯神経に届いている時期、根幹部にまで及んで痛みこそ炎症を起こして膿む時に限られるものの、このまま放置しておくと抜く羽目になる危険期に分けられます。軽症期に限ってはその部分を削り取り、型を取って金属等の詰め物をすれば助かります。一方、歯の根幹に及んでの治療には、病んでいる歯の深部まで削って露出させ、むしば菌に取りつかれた部分を徹底的に清めて、滅菌するべく薬を入れ、各々の歯に合わせて銀アマルガムを詰めるのです」

「何を言いたい？　すぐに治せはしないのか？」

もとより慶喜はせっかちであった。

「あなた様の治療には半月はかかります。それと多少の痛みも伴います。まずはこれらをご覚悟いただきたいのです」

桂助はきっぱりと言い切った。

「なにっ――、痛み？　痛む？――」

慶喜は咄嗟に桂助を睨み据えたが、

「わ、わしは、い、痛みにだけは弱いのじゃ。そばの女たちは毎年のようにわしの子を産んでくれるが、あの産みの苦しみさえ見ていられず、そのたびにカメラ片手に屋敷を離れておる始末なのだからな」

急にへなっと正していた姿勢を崩した。危なく畳の上に転がりかけて、

「上様、上様」

控えていた渋沢が駆け寄った。

「そうだったよ、豚一、昔から歯の質が悪い上に痛がりで、夜、布団の中でむしばが痛い、痛いってぴぃぴぃ言ってたっけ。桂さん、何とかしてあげようよ、さっきのあれ、使えば痛みだけは止めて治療できるんじゃねえのか？」

鋼次もそばに居る。

「半月というのは麻酔薬を使わずにある程度痛みに耐えていただいての治療期間です。麻酔薬を使って、痛みのない麻酔下なら、これから始めて今日のうちには何とか

――」

桂助の言葉に、

「それで何とかお願いいたします。これ以上、上様にお辛い思いをさせたくはないのです」

渋沢は畳の上で平たくなった。

すると、それまで黙っていた志保が、

「これを」

診療室の納戸から先ほど届いたばかりの麻酔薬一壜を取り出した。

こうして慶喜の口中施術が始められた。

「椅子に腰をかけての治療か？」

不安そうだった慶喜も麻酔を吸うと気持ちよさげにぐっすりと眠り込んだ。

「無理して向こうで買っといてよかったな」

歯科治療専用のアメリカ製のライトで、口中を照らす役目は鋼次が担った。志保は桂助の助手としてさまざまな歯石除去器具やピンセッタ、薬を染ませた綿球を手際よく渡して行く。渋沢は施術中の様子を背後でじっと見守っていた。

夜には終わるという読みは外れて、結局慶喜の施術が終わったのは明け方、空が白んできた頃であった。

桂助や鋼次、渋沢が見守る中、離れに運ばれ、布団に横たえられた慶喜は、何事もなかったような顔で安らかな寝息を立てている。志保が炊き立ての飯で梅干しとおかかを具にした握り飯と、葱だけの味噌汁を大盆に載せて運んできた。

「皆さま、ご苦労様でした」

「美味しそうだ」

渋沢が握り飯に手を出したところで、

「急に腹が空いてきたな。それにやっぱり、こんな時はこれに限る」

鋼次は腹が鳴ったきまりの悪さを隠すために慌てて味噌汁を掻き込んだ。

「入院患者の方々の食事は？」

しまったとばかりに桂助が思い出すと、

「昨日の夕餉は焼き立てのパンとかぼちゃのポタージュ、尾形様はあのようですので変わらずポタージュだけです。今日の朝餉は部屋の扉に〝不要〟と書かれた紙が貼ってありました。順調に回復しているもう一人の患者さんは皆さまと同じです」

甲斐甲斐しく茶を淹れながら志保が告げた。

六

渋沢栄一は、独特の老成した雰囲気を持ち合わせていた。

「道中、上様いえ慶喜様はあなた方のことばかり話しておられました。よほど、共に過ごした日々が楽しかったのでしょう」

「上様っていうからには、あんた、豚一の家臣だったのかい？」

鋼次が訊いた。

「庄屋とはいえわたしは百姓の出です。士分への憧れがあった父の勧めで、幼い頃から学問や剣術を習わされているうちに、この国の将来を担いたいと思うようになりました。ですが、奪取や焼き討ち、殺戮等過激すぎる志士の活動に疑念を抱くようになり、知り合いの紹介で一橋家に仕えることになったのです」

渋沢は淡々と話し始めた。

「へえ、その後は？　豚一、この国の大将になったからあんたも幕臣？　当然大出世だよね」

鋼次は身を乗り出した。

「はい、幸運にも。パリ万博に御勘定格陸軍付調役の肩書でまいりました。それから西欧を視て回る機会を得ましたが、これも上様が天子様に大政奉還をされるまでのことでした。新政府から呼び戻されて帰国した後は、しばし大蔵省に出仕せざる得ませんでした」

「せざる得ないって？　けど、それ、さらなる出世なんじゃねえの？　何せ、当世、人も羨む大蔵官僚なんだからさ」

首を傾げた鋼次に、

「ええ、でも役人は窮屈なのでわたしには向いていませんでした」

渋沢は苦笑して、

「帰国した際、新政府からわたしは慶喜の臣下であるゆえ、領地である静岡藩より出仕せよと告げられました。その挨拶に赴くと慶喜様はこうおっしゃったのです。〝これからはおまえの道を行くことだ〟と。わたしは愁眉が開かれた想いでした。以来、わたしは自分の信じる道を歩いてきました。成り行きで役人になっているだけです」

ふうとため息をつくと、

「ところで慶喜様の治療はこの後、どうなるのでしょう？　わたしに自由に生きろとおっしゃってくださった慶喜様ご自身は、実は少しも自由ではないのです。駿府に居る元の家臣たちの中には、慶喜様の優雅に映る暮らしぶりと自分たちの貧窮を比べて非難する者もおります。けれども、それは考え違いです。慶喜様が趣味三昧な日々を送っておられるのは、自由への渇望の裏返しなのですから。慶喜様は旧時代の象徴です。敗軍の将としての生き恥を晒すことで、新時代への力強い踏み台になっておられます。それだけで辛苦は充分すぎるではありませんか？　その上、歯の痛みで苦しまれるのはあまりにお気の毒すぎます」

真剣な眼差しを桂助に向けた。

「何回かに分ける治療を一気にさせていただきましたので、痛みは軽減しているはずですが、抜歯や膿の除去後の痛みは多少あるでしょう。痛み止めは処方いたします。お帰りになった後しばらくは駿府の歯科医に診ていただいてください。ご自分での房楊枝を用いた口中の清めも欠かさず。ブリッジや金冠の処置は歯草が治り、抜歯の痕が治まったところでいたします。一月ほどしたらまたお連れしてください。念のため、詳しいことを駿府の歯科の主治医宛てにしたためておきます」

桂助は丁寧に応えた。

こうして慶喜は三日ほど〈いしゃ・は・くち〉の預かり人、入院患者となった後、渋沢に送られて駿府に帰って行った。

迎えに訪れた渋沢は、

「実はわたし、浸みる歯がありまして、時に痛みます」

桂助の耳に囁いた。

「でしたら、是非、早目においでください。初期のむしばの治療はたやすいのでご安心ください」

桂助は告げた。

慶喜が離れに入院している間に、すっかり回復した舌癌患者が退院した。

依然として尾形喜久治は不審な患者であり続けている。とうとう尾形は部屋の障子に以下のような文を貼り付けた。


治療費、入院費代わりはお受け取りいただけたようで、なによりです。ならば当方、この先気兼ねなくここで養生させていただきます。もう釘を嚙む必要はないので、三度の膳は普通のものに替えてください。

それから言うまでもないことですが、どこの誰が訪ねてきてもわたしには取り次がないよう、お願いします。

尾形喜久治

「これではまるでここは旅籠(はたご)扱いではありませんか？」

さすがの志保も憤懣(ふんまん)やる方なかった。

貼紙を見た桂助も、

「あのような高額にして特殊なものを治療費、入院費代わりにいただくわけにはいきません。慶喜様に使わせていただいたあの麻酔薬は一時お借りしたものなのです。お房に報せて、割ってしまったものも含めて何とか二壜、都合してもらってお返しするつもりです。そして、即刻ここから出て行ってほしいと思っています。詐病での開き直った入院など言語道断ですから」

いつになく大声を出した。

するとそこへ金五からの使いが文を託されて訪れた。


大変なことが起きている予感が——。おいらの居るところに急ぎ来てほしいです。ここで待っています。ここには使いが案内してくれます。

金五

桂助先生

「少し待ってください」

桂助は素早く身支度をすると、使いと一緒に金五が待っているという茶店へと向かった。

邏卒(らそつ)姿の金五がさらさらと風に鳴る竹林を背にして、赤い毛氈(もうせん)が敷かれた縁台に腰かけて待っていた。

「これなんだけどさ」

金五が右の掌(てのひら)を開くと、薄く小さな竹の葉に何やら描かれている。桂助はその細かい絵柄に目を凝らした。

「猪(いのしし)の姿では？」

「ん、おいらもそう思うんだけど、上役は犬だって」

「犬に牙はないでしょう」

「さすが先生。それとおいら、この絵、血で描かれてると思うんだけど」

桂助は竹の葉を陽(ひ)の光にかざしてみた。黒さの中に僅かだが赤味があった。

「鮮血で描いた？」

金五の問いに、

「さて、たしかに時を経て黒く固まる前の鮮血でなければ描けない道理ですが、人の血とは限りません」

「こういうの、おいら前に見たことあるんだよ」

「ほう、どこでです？」

「骸が見つかったところ、二件立て続いてだった」

「事件だったのでしょうか？」

「おいらはそう思ったけどさ」

「上役の方は認めなかった？」

「だって二人とも札付きのごろつきだったしね。首を刎ねる手間が省けたなんていう上役も居た」

「死の因は？」

「二人して心の臓の発作。病死ってことだよ。まあ、何だって、心の臓が止まれば人は死ぬけどさ」

「それはまた、たしかに大雑把すぎますね」

「けど、別々の場所で見つかった二人が各々、この猪が描かれた竹の葉を握らされてたのはほんとだよ」

「握らされてた？」

「二人とも風で飛んだりしないよう、猪絵の描かれた竹の葉が飯粒でしっかり掌に貼られてたもん」

「ところで先ほど見せてくれた猪絵が描かれた竹の葉はどこで手に入れたのですか？この竹の葉は寒竹ですよ」

桂助は訊かずにはいられなかった。

寒竹は日本に長く自生している竹で、棹の太さは数ミリと細いが、紫黒色で光沢があるので美しく、訪れる異人たちにも人気があった。飾り窓や家具などに使われ、庭に植えられて観賞されている。

「風向きはずっと今のままでしたか？」

「たぶん」

金五は一度見た物のことは決して忘れないが、風向き等については記憶が曖昧であった。

「それではどうやってその竹の葉を拾ったのでしょう？　その時のことを思い出してください」

桂助は粘った。

「えーっとね。おいら、頼んだ団子はまだかなって思って、茶店の奥の方を見てた。お皿や湯呑がやたら重なってて、運んでるのはそこそこ年配のおばさん、この店のおかみさんじゃないかな。今日はお客さん、おいらしかいないもんだから、きっと団子が焼き上がるまでは出てこないなって思って、退屈なもんだから足元を見てた。蟻の行列、好きなもんだからしばらく見惚れてたよ。そして、蟻の行列が崩れて稲妻型になったっけ。そうしたら、いつの間にか、猪絵の描かれた竹の葉が目の前にあった。蟻たちは竹の葉に群がって引っ張って行こうとしていた。おいらは蟻たちを叩き落としてそいつを手にした。それから桂助先生に報せた。そうだ、吹いてたのは、今と同じ向かい風だったんだ」

金五は自分に言い聞かせるように言った。

七

「向かい風だとしたら、その寒竹の葉が飛んできたのはあちらからですね」

桂助は茶屋の奥へと目を凝らした。

「ん、猪絵が描いてある竹の葉なんて人の手が掛かってなきゃありゃしないもんね」

「ということは――」

　桂助が立ち上がって奥へ行こうとし、金五も慌てて腰を上げたところへ、奥から、出来上がったばかりの焼き団子の載った盆を手にしている年配の女と鉢合わせた。

「これに見覚えない？」

　金五は竹の葉を相手に見せた。

「それは――」

　相手の顔がさっと青ざめた。

「これを描かれた方を御存じですね」

　桂助の言葉に、

「はい、うちの人です」

　年配の女は、店主の妻だった。

「話を聞かせてください」

　桂助が畳みかけると、

「こちらへ」

　妻は二人を茶店の奥へと案内した。

　二人は履物を脱いで突き当たりの小さな部屋に通され、しばらく待たされた。

「どうぞ」

金五が注文していた先ほどの焼き団子と茶が供された。

「あたしがこの茶屋の主、よろず描きの万助(まんすけ)です」

小柄でやせ細った四十歳絡みの店主の顔色は悪く、ごぼごぼと咳(せき)をこぼした。

「これなんだけど」

金五は件(くだん)の竹の葉を取り出した。

「これはあなたのなさったお仕事ですね」

桂助が念を押すと、相手は渋々頷いた。

「これでも昔は菩薩米(ぼさつまい)の万助と言われたものでした」

「菩薩米とは米粒に菩薩の絵が描かれた、価値あるものですね」

「その通りです。でもそれは昔のことで病を得て以来、手が震えて思うように絵が描けなくなりました。女房と一緒にこのような店を始めたのですが、食べ物商いに向いていないのか、昔風の茶店など今はもう、人気がないのか、なかなか——。このままでは首を括(くく)ることになりかねないので、仕方なく昔取った杵柄(きねづか)に頼りました。近くに幾らでも生えている寒竹の細い部分を、小指半分ほどの長さに切って菩薩を描き、昔(むかし)馴染(なじ)みの露天商に菩薩竹として託して、何とか糊口(ここう)を凌(しの)いでおります」

店主は手にしていた菩薩竹を二人の前に置いた。仏師の手による畏怖を感じさせる菩薩とは趣きが異なり、細い竹から生まれた童女のような愛らしい印象を受ける。

「菩薩竹は異国でも好まれるようですが――」

店主はふんと鼻を鳴らして先を続けた。

「そんな折、半年ほど前のことだったでしょうか、昔のわたしを覚えてくれた人がここまで訪ねてきて、是非とも、寒竹の葉に絵を描いてほしいと言うのです。とりあえずは五枚。少しも流行らない茶店の切り盛りに大変なのは相変わらずでしたし、女房にも苦労をかけ通しでしたので引き受けました。このような絵柄でした」

店主は懐から二つ折りの紙を取り出し、開いて差し出した。金五が持っている竹の葉に描かれているのと変わりない猪の絵であった。

「今は引き受けなければよかったと思っています。あるいは紙幣を貰った方がよかったのかもしれません」

店主は思い詰めた様子になった。

「対価はお金ではなかったのですか？」

「これとどちらがいいかと言われて、見比べているうちに、どうしてもこちらを欲しくなりました。見ていると気持ちが抑えられなくなるのです」

店主は片袖にしまっていた絹の小さな袋から、さらに小さなものを取り出した。それは一瞬真っ赤な光のようにも見えた。赤く透明でキラッキラッと光って輝いている、親指の爪ほどの石であった。

「これを目にした時は女房の顔が浮かびました。外国では美しく稀少（きしょう）な石が珍重され、見ているだけではなく、飾り物にして身につけるのだそうです。その時はご苦労さん代わりに、これで何か女房の身を飾るものを作ってやりたいと思いました。けれども、ためつすがめつ眺めているうちに、何だか全身の血が逆流したかのような興奮が走って、すっかり魅せられてしまったのです。異国ではルビーと名付けられている石だと聞きました。わたしは自分が身につけてさえいれば、ルビーのその赤さが自分の血肉になるような気がしてきました。異国では宝石と言われているこのような石を巡って、時に闘いや殺し合いがあるそうです。その気持ちはよくわかります。わたしがそうですから」

店主はルビーを掌に載せるとじっと見つめて至福の笑みを浮かべた。

「これはわたしだけのものです。誰にも譲りません。これさえ、持っていればわたしはとても幸せです」

しかし、そう告げたそばからまた咳込み、ほどなく障子が開けられて、

「嘘ですよ、そんなの」

店主の妻が悲鳴に似た声を上げた。

「そんなものを肌身離さず持つようになってから、この人はおかしくなってしまっているんです。竹の葉に猪絵を描くこと、引き受けなければよかったと言いつつも、赤い石を目にしたとたん、がらりと変わってしまうのですから。持病があるというのに、生気をもたらすこれさえあれば、藪医者の薬など要らないと言って飲まなくなってしまったし、夜は夜でわたしを遠ざけるために、布団の下に匕首を隠して眠る始末です。以前は、たとえその日食べるものに事欠くことがあっても、肩を寄せ合って凌いできたというのに――」

妻は言い募ったが、

「ルビー様、御疲れでございましょう。しばらくお休みください」

すっかり魅入られてしまっている店主はルビーを小袋に戻すと、すぐに元の鬱々とした表情に戻った。

「竹の葉に猪絵を描くことを頼み、対価をルビーで払ったのはどんな様子の方でしたか？」

桂助は相手方の口がすっかりほぐれたところで切り出した。

「それは――」

店主は言い淀んだが、

「墨衣を着た尼さんでした。とはいえ、尼さんの癖にべったりとお化粧している、おかしな女でした。この石の色にそっくりの紅をつけてました。とにかく美人でしたから、おおかた、うちの人はその石を見るとその美人を思い出すんじゃないですか？」

妻の方は吐き出すように言った。

「他に気がついたことはありませんでしたか？」

さらに桂助は店主の妻に訊いた。

「やにさがってるうちの人を見て、わたしも思わずかーっとしてたから、そーねえ――」

妻は小首を何回も傾げた挙句に、

「思い出した。手にしていたお数珠が二輪で重なってた」

ふと呟き、

「ありがとうございます」

桂助は辞する時を得た。

茶店と寒竹林を離れると金五は早足になった。

「あなたの頭の中で見覚えの整理がついたのですね」

桂助は遅れずについて行く。

「あのおかみさんの言ってた二輪の重なってるお数珠って、浄土宗、おいらんとこの宗派なんだよね。それもあって、おいら、市中の浄土宗のお寺、空で言えるし、どこにあるかも知ってるよ。その中で美人の尼さんの居るお寺もわかるよ。檀家の男たちが足繁く通ったり、弾みでお布施しちゃったりしてるって噂になっているもの。三寺あるよ」

大張り切りの金五ではあったが、いざ、訪ねてみると、最初の浄影寺の庵主は肌つやがよく、経を読む声こそ衰えてはいなかったが、なにぶん齢八十歳、若い頃はさぞ美しかったと思われる尼で、

「遊女だった頃は錦絵にもなりましたけど、まさか、この年齢で選ばれて、また、画にしようなんて止めてくださいね」

真顔で断りを口にした。

二寺目の明済寺の庵主は仏に嫁したとはいえ、妙齢でたしかに見目形は整っていた。ただし、産毛だらけの顔は今まで、化粧などしたことのない証だった。

三寺目の楽念寺には元美人尼も産毛美人尼も居なかった。ここは孤児が多く暮らし

ていて、五十歳ほどの如何にも庵主といった様子の尼が、しごく落ち着いた応対をしてくれた。刻まれた皺の一つ一つに信仰の厚さと慈悲の心が見てとれた。

桂助は茶店で聞いた風体を話し、

「お心当たりはありませんか？」

率直に訊いた。すると相手は、

「それはきっと千寿尼のことでしょう」

屈託のない笑いを浮かべて讃えた。

「よくここを訪ねてくれる千寿尼には感謝しています。遊ばせ上手で子どもたちに人気がありますし、滋養のあるお料理作りもお上手。ここに世にも稀なる美人尼ありと、巷に流れているようで、一目見ようとおいでになった殿方からお布施をいただくこともございます。何とも有難いお力添えです」

八

「実は千寿尼様が寒竹の葉に猪絵を描いてくれと、あるよろず描きに頼まれたようなのです。そしてそのうち二枚の猪絵が死者二人の掌に握らされていました。死者二人は何者かに殺された疑いがあるのです」

　桂助は核心に入った。これを聞いた庵主は、

「何ですと？　まあ、あの千寿尼がそのようなことを。どんな理由があろうと猪なんて獣を人の供養に用いるなぞ、許されることではありません。何ということでしょう。でもなぜ、あの千寿尼がそのようなことを――。あんなに熱心に拙尼の手伝いをしてくれているのに――。今日あたりおいでになるでしょうから、是非とも訊き糺さなければ。いいえ、それではいつになるかわからないかも。とにもかくにも、〝それは誤解です〟ときっぱり言っていただくのが一番でしょう。ああ、でもこんな一方的な疑い、よろしくはないわね。とはいえ、お身の正しさをお話しいただかなければ。それともこちらから庵を訪ねるべきなのかも――。でもその庵とて場所がわからない。ああ、何やら眩暈が――申し訳ありません、失礼いたします」

　衝撃を受けて狼狽えた様子で、こめかみに手を当て、よろめく足取りで庫裏に入ってしまった。二人は境内に取り残された。

「今日あたり来るって言ってたよね。ここで待ってれば来るかも」

　金五の呟きに、

「庵主様は寝耳に水のご様子でした。偽ったり、誤魔化したりしていたとは思えませ

ん。だとすると、まだ、当人に確かめていない以上、千寿尼とやらが寒竹の葉に猪絵を描くことをあの御主人に頼んだかどうかの確証はありません。いたずらに待つよりも――」

桂助は境内にある銀杏の木の下で、陣取りをして遊んでいる子どもたちの方へと歩んで行った。金五も従う。

するとその行く手に斧を手にした二十歳前の寺男が立ちはだかった。細身だが肩や背中はいかつく、目に力がある。

「話があるんだけど」

向こうから話しかけてきた。

「伺いましょう」

桂助が応えると相手は手水舎まで二人を誘った。

「俺は吉平。ここの寺の前に捨てられて、ここで育ててもらった。そういう子どもら、結構多いんだ。俺と同い年の三太もそういう全くの親知らずなんで、俺たち兄弟みたいに支え合っている。だけど、寺男の仕事は俺と三太で一人前半ってとこなんだ。三太はここがちょっと――」

吉平は人差し指をくるっと回して見せて、遊んでいる子どもたちの方へ顎をしゃくった。その先にはひときわ背も目方もありそうな大人が交じって遊んでいたが、とにかく動きが鈍く、常にやんやとはやしたてられている。

「あれで結構、三太は楽しんでるんだよ。相手にされるのがうれしいのさ。それだから、千寿尼様の言うことならどんなことでも聞くし、善いことだって思うような奴なんだ。寒竹の葉の猪絵のこともそうだ」

「あなたは寒竹の葉の猪絵についてご存じなのですか？」

桂助は目を瞠った。

「三太の奴、千寿尼様から供養の手伝いを頼まれたんだって言ってた。〝言われた場所へ言われた時に出かけて、死人の掌にご飯粒でこれを貼って来なさい、そうすればきっと極楽へ行ける、それからこのことは決して誰にも言わないように。言えばせっかくの御利益がふいになりますよ、もう極楽に行けません〟って。これはあなたを見込んで頼む、とびきりの善行なんだってことも、千寿様は言ったそうだ。三太はああいう奴だから、疑うことなんて露ほどもなくて、その通りにしたんだ。けど、一人目の時こそ、目を瞑ってやりおおせたけど、二人目ともなるとつい目を開いてしまい、死んでいる奴の恐ろしげな様子を見てしまった。何でも口から恨めし気に血を垂らしていたそうだ。以来、その姿が怖くて怖くてとうとう三太は俺に打ち明けた。俺は寒竹の葉に猪絵を描くなんて、おかしな供養だとは思った。でもまあ、千寿尼様が言うんだからそういうこともあるんだろうと思うことにして、〝大丈夫、俺とおまえは一心同体みたいなもんなんだから、俺に話したって、他人（ひと）に話したことにはなんねえよ〟って言ったんだ。ところがさっき――。薪（まき）を割ってて、あとどのくらい、薪が要るかって庵主さんに訊こうと思っただけで、何も立ち聞きする気はなかったんだよ。あんまり、物騒なことを耳にしてしまって――、三太に代わって心の臓がどきどきしてきて」

ここで、すでに青ざめている吉平は言葉を止めた。

「おそらく、毒で殺されたと思われる二人は仲間で、仏の道から遠く、人の道を外れた行いをしてきた者たちです。それでも供養は生前善行を積んできた者たちだけではなく、そうでない悪行の徒にも授けられて然（しか）るべきものだという仏の教えはあります。ですので、千寿尼様流の供養が寒竹の葉の猪絵であったならば、千寿尼様がこの者たちへの猪絵供養を、善人への供養と分け隔てなく、手ずからなさったはずです。何も三太さんに頼む必要などなかったのです」

桂助はきっぱりと言い切った。

「じゃあ、三太は騙（だま）されたってことか？　まさか千寿尼様は悪いことをしていて、三太を悪だくみに使った？」

　吉平の声が震えた。

「そう考えるべきでしょう。ですから三太さんは言うまでもなく、あなたも、もう決してこの話を誰かにしてはいけません。たとえ相手が庵主様でもです。もちろん千寿尼様にも」

　桂助の言葉に肩を震わせた吉平は無言で大きく頷いた。


　楽念寺を出た桂助の足は元岸田邸の佐野屋へと向かっている。

「もしかして、次はおいらが住んでたとこ？」

　金五はすぐに気がついた。

「そうです。寒竹の葉に猪絵を描くのを頼まれた茶店のご主人が魅せられていたルビーという名の宝石、よく似たものが細工されているのをあそこで、あの時見たからです。たしか、屏風絵（びょうぶえ）や塗り物等の日本の美術品が展示されていた大広間とは別の部屋に、ガラスケースに入って売られていました。絵柄の一部に、あそこまで大粒ではない、小粒のものが花弁の形に細工されて、留められていました。血や炎の赤のようにぱっと目立つ美しさなので御主人でなくとも忘れません」

「そんなのあったの？　あの時は忙しかったから見られなかったけど、おいらも見てみたかったな、宝石ってやつ、いろんな種類」

「ああいう物が佐野屋さん以外にどこで売られているか、知っていますか？」

「そんなのあんまり市中じゃ聞かない。宝石屋なんてあるとしたら横浜じゃないかな？」

そうこうしているうちに佐野屋に着いた。

晴れて主になった元大番頭の真助（しんすけ）は二人の姿を見て、

「これはこれはよくおいでくださいました」

困惑を笑顔に隠して大広間の別室へ案内してくれた。茶菓も自らが運んで供してくれる。

「わたしどもにまだ何かご用がございましょうか？」

笑みは絶やしていないが極めて慇懃（いんぎん）な物腰である。

「どうしても解けない謎がありまして」

桂助は骸の掌に貼られていたという猪絵の描かれた寒竹の葉の一件と、茶屋の主に払われた対価のルビーについて話した。

「これほどの大きさで」

桂助は自身の親指の爪を示し、

「どこまで高額なのか、見当もつきませんでしたので、お借りしたいとも言い出せず仕舞いでした」

後はその美しさ、魅力について茶店の主の言葉を借りた。

「その手のものを扱う商人はたしかにそう多くはございませんが、わたしどもだけではありません。そのお品、わたしどもとは関わりがないと言って、お引き取り願ってもよろしいのですが、兄のことではそちらに並々ならぬお世話になりました。わたしも助けられました。何かでお返ししたいと思っていたところですので、兄の変わった道楽についてお話ししましょう」

真助は淡々とした口調で告げた。

「もしかして、道楽ってあのルビー集めだったりして」

金五が思いつくと、

「それでしたら、それは佐野屋きってのお宝ということになりましょう？　隠すことはあっても、ここで展示なんぞいたしませんよ」

「言ってること、よくわかんないな」

金五がぼやくと、真助は揶揄するように笑って、

「兄の道楽はルビー集めではなく、楽念寺でございました」

一瞬、二人は顔を見合わせて、

「それ、小石川にある尼寺の楽念寺？　孤児を集めて助けてるっていう――」

金五が念を押した。

「さすが、ご存じでしたか」

真助の顔に驚きこそあったが、不安を感じた様子は微塵もなかった。

「そうです。そこで殺しと関わっていると思われる、千寿尼様のことを庵主様から伺いました」

桂助の言葉に今度はもう、そうは驚かず、真助は以下のように兄玄兵衛の知られざる一面を話した。

「兄が執心していたのはあの楽念寺の恵まれない子どもたちでした。わたしが兄に逆らえなかったのは、年齢の離れたあの兄に育てられてきたからです。兄がいなかったらよちよち歩きだったわたしの命はそこで失われていたはずです。わたしたち兄弟は両親が貧窮のあまり一家心中を企てた生き残りでした。親戚とは冷たいもの、甥の柊吉のせいではありませんが、柊吉の両親は日々の暮らしにいっぱいという口実で、わたしたちに手を差し伸べてはくれなかったんです。それが骨身に沁みていたせいで、わ兄は両親を失った甥にあのように酷だったきらいはあります。〝子どもの頃の過ぎる苦労はよくない、長じてからの苦労はいい糧になる〟というのが兄の口癖でした。甥にも兄を理解してもらおうと、そのうち、わかるようにわたしから話すつもりです」

「千寿尼との出会いは？」

金五が先を促した。

「子どもの頃辛酸を舐めた兄は楽念寺に、米や野菜、味噌、醬油、反物や布団等を惜しみなく届けていました。そして、時折、布施を兼ねて訪れる際にも兄は佐野屋玄兵衛とは名乗らず、ありもしない名で通していました。兄は庵主様の自身の衣食を削ってでも子どもたちの食べ物を買って滋養を取らせようとする、まるで生き菩薩のような慈悲の心に感嘆していました。けれども、千寿尼という名は聞いたことがありません」

九

「玄兵衛さんのあたたかな道楽についてはわかりました。けれども、楽念寺を始終訪れていた千寿尼様が、寒竹の葉に猪絵を描くことの対価にルビーを渡したことは事実です。あなたの佐野屋では日本の美術品に想を得て作った西洋の装身具が売られています。ということは、玄兵衛さんがあなたに秘して、装身具の元になるルビー等を、細工前の石としてもとめていたとしても不思議はありません。玄兵衛さんがあなたに話さなかったのは、むしろ、庵主様たちの目を盗んで千寿尼様と親しかった証とも言えるのでは？」

桂助は理路整然と言った。

「お言葉ですが佐野屋は質屋です。日本の美術品に想を得て作った西洋の装身具にしても、外国で買われたお偉い方々のご夫人たちが、一度集まり等で身につけられた後、わたしどもに払い下げになられたものです。いわば古着と同じです。それとわたしどもがルビーを商いにしないのは、たとえ一時であっても、細工物に使われていたものかどうか、なかなか判別がつかないからです。細工物から外された石ならわたしども質屋の縄張りですが、細工を経ていない宝石となると、これは途方もなく高額ですし、わたしたちが立ち入ることのできない商いです。何しろ、異人たちの手を経て運ばれてくるものなのですからね。わたしたちには垂涎の的ではありますが、その商いに割り込む気持ちなど微塵もありません。兄玄兵衛の言葉を借りれば、〝そいつは恐いぞ、命だって取られかねない〟ということです」

真助はここにあこぎな宝石商でもいるかのように声を低めて語り続けた。

佐野屋からの帰り道、

「結局、なかったね、手掛かり」

金五は失望してややむくれた。

「怪しかった佐野屋さんへの疑いが晴れてよかったとわたしは思っています」

「たしかに。あそこの新しいご主人、真助さん、働き者でいい人だもんね。甥っ子ともほんとの親子みたいに意気が合ってるっていう噂だし――」

やっと金五らしくなったところで、

「わたしが案じているのは、猪絵が描かれた残りの寒竹の葉です。三枚まだ残っているはずです」

「あれっ、ここにあるのを入れると六枚じゃない？」

金五は猪絵の描かれた寒竹の葉を掌に載せてみた。

「それは茶屋の御主人が手元に残していたのが、家の奥にまで吹き込んだ風に巻き上げられて、金五さんのもとへ飛んできたものですよ」

「まさか、先生この三枚って？」

「死者の供養だと偽り続けるはずです」

「ということは、まだ三人殺される？」

「そうでなければいいとは思っていますが――」

「やっぱり、おいらがごろつきの掌の猪絵が描かれた寒竹の葉、思い出したの、意味のないことじゃなかったんだ」

桂助は描かれた猪を穴の開くほど見据えた。

「やはり」

確信を得た様子で、

「この猪は土こそ描かれていませんが、鼻で土を掘っているように見えませんか？」

たしかに猪の頭が下に極端に傾いている。

「寒竹の筍はすこぶる美味で知られています」

寒竹は常の竹とは異なって、春にではなく、何と晩秋から冬場、雪の下に筍がでる。

「なので、この猪絵の意味は寒竹の筍を意味しているのではないかと思います。猪は寒竹の筍を餌不足の寒中、滅多にありつけない御馳走としているのでしょうが、美味にして珍味ゆえに、人も競ってこれを掘り取って食そうとします。よって、寒竹の筍を掘っている猪の絵柄は、人をも示しているのではないかと思います」

「わかった、それ横浜のタケノコ党だ」

金五が叫んだ。

「横浜のタケノコ党？」

「これだよ、これ」

金五は紙と筆を借りて、筍の絵を描いた。

「一年ほど前だったけど、異人がやってる大きな店の倉庫が立て続けに何軒も狙われ、こういうのが倉庫の壁に描かれてたっていう話、おいら聞いてる」

「盗まれたものは？」

「盗みの届けは出されてなかった。盗まれたもん、どうにもヤバいもんだから、バレたらお縄になるからだよ」

ルビーのような宝石類、あるいは阿片のような危ない薬までもが、密かに海を渡ってくるのだろうと桂助は思った。

「でも、どうして、突然、タケノコ絵から寒竹の葉の猪絵になったんだろ？」

「考えてみましょう」

本日は桂助たちの調べはここまでであった。

「先生、大変、先生」

裏門から入った金五が離れの勝手口を叩いた。夜はまだ白んでいない。

「何か――」

桂助はなかなか寝付けずにいたところだった。

「人が死んでるんだけど、その片割れっていうのがあの富士山太郎なんだよ。あと一人は女。采女が原で首を斬り合って死んでる。それにあれ、例の寒竹の葉をしっかり握ってる」

金五は淀みなく事実を告げた。

その場に居合わせていた志保は、富士山太郎の死を告げられて動揺してはいたが、

「尾形さんのことは鋼さんが泊まっててくれるから大丈夫です。どうぞいらしてください」

桂助の身支度の手伝いをした。

「行きましょう」

「二人はぐるっと紐で腰を縛ってて、抱き合う形で死んでたんで、上役は心中だって決めつけるだろうけど、おいらはそうは思えない。だってさ、富士山太郎は手妻の芸こそ凄いって言われてて、新聞なんかにも出てるけど、とかく女癖が悪いって評判なんだから。そんな奴が心中するなんて思えないよ」

金五の言葉に、

「富士山さんなら帰国途中の船で一緒でした。たしかに心中するような方ではなさそうでした。けれども無理心中ならあり得ることです。金五さん、何事も決めつけはよくありません」

桂助は相づちを打たなかった。

采女が原の春は蓮華（れんげ）が咲き誇るのだが、今は枯れかけてきている草が風に揺れている。

骸となった二人は金五が言った通り、紐で互いの身体を一つにしている。周囲の草が赤く見えるのは、首を斬ると夥（おびただ）しい血が流れるからであった。

「これは、浪江（なみえ）さん？　江戸（えど）浪江さんです」

尼姿の浪江が真っ白な尼頭巾を真っ赤に染めている。化粧を施している顔にも血糊（ちのり）がべたべたと貼り付いている。

「えっ？　まさか、知り合い？」

金五が肝を潰した。

「ええ。帰りの船で一緒でした。富士山太郎さんの奥様でしたから」

桂助も驚きを隠せなかった。

「富士山太郎はいつもの様子だよね。時折、興行を報せる大きな看板通りだもん」

富士山の方の形(なり)は船上で見せてくれた、紙の蝶(ちょう)が生きているが如(ごと)くに、さまざまな表情で舞う胡蝶(こちょう)の空の手妻を披露していた時の恰好(かっこう)によく似ている。武家の裃(かみしも)とは似ても似つかない極彩色の裃や袴を身につけたまま死んでいる。

桂助はすぐに二人の掌に載っている猪絵の描かれた寒竹の葉を確かめた。糊ではなく膠(にかわ)の匂いがした。

「これは同時に首を斬り合ったのではなさそうです」

「どうして？　互いに首を突きあった証はあるじゃない？　匕首だって二人分、落ちてるし、互いの血が相手に向けて均等に飛び散ってる。おいら、富士山は心中なんてしない奴だって思ってるんだけど、こればっかりは崩せないんだよね」

「浪江さんの顔や被(かぶ)り物に付いている血は黒く粘りが出ていますが、富士山さんの顔や裃の血はまだ赤いままです。触れてみればわかります」

「おいら、どうも血は苦手で」

尻込みする金五を、

「あなたは市中を守る邏卒でしょう」

桂助が叱ったので、金五は恐る恐る触れた。

「あ、ほんとだ。けど、どうして誰がこんなことを？」

「二人の着ているものを調べてください。特に両袖の中は丁寧に探してみてください」

金五が言われた通りにすると、浪江の墨衣の袖から、小袋が出てきた。中には光るものがあった。

「あっ、同じだっ」

それは金ボタンであった。

「絶対間違いない、おいら、細かーいとこまでぜーんぶ覚えてるんだから。すると、あいつ、小野法文(おののりふみ)とかいいやがった文部省医務課の役人野郎のだ。この女がこうして持ってるとなると、この女もそいつと？」

「おうめさん以上に深く、罪さえ犯してしまうほど関わっていたのではないかと思います」

「それにこいつ、富士山太郎も絡んでるのかな？」

「一応は御夫婦でしたからね」

最後に口中と全身の皮膚をくまなく確かめた桂助は、

「死の因(もと)はおそらく阿片による呼吸困難です。アメリカで阿片摂取が過ぎて亡くなった骸を何体か見ました。チアノーゼがでています。ほら、ここが青紫色になっています。おそらく金五さんが茶店で話してくれた、ごろつきたちも同様に殺されたのでしょう」

と洩らした。

「それって、二人とも骸になってからこうやって縛られて、匕首で刺し合ったように見せかけてあったたってこと？」

「そうです。だから血の色に違いが出てしまったのです。いくら骸の顔や上半身を同じように血まみれにして細工しても、殺して時の経つ骸に起きる変化には逆らえなかったのでしょう。浪江さんの方を先に殺しておいて、時が過ぎてから富士山さんを同様に殺し、まるで二人が合意のもとに腰を一つに縛り合い、互いに突き合って死んだかのようにみせかけたものと思われます。それと――」

桂助は周囲の草地を見廻した。

「生きている人の首の動脈を突いた場合、噴出した血は恐ろしく遠くまで飛び散るものです。ここの草地はそれほど血にまみれていません」

この後、桂助たちは骸を運ぶ戸板を待って、始末を任せてから帰った。

「どうです？　今日はあなたの好きなパンを焼くと聞いています。チョコレートとバターを温めて練り合わせたという、チョコバターとやらも、美鈴さんの家から鋼さんが届けてくれています。立ち寄って朝餉を済ませていきませんか？」

桂助が労うと、

「わ、チョコバター」

すぐに金五は飛びついた。

ところが、〈いしゃ・は・くち〉に近づくと鋼次が立っているのが見えた。何やら緊張が過ぎて怒っているようであった。

気がつくと二人はすぐに全速力で走った。

「何事です？」

桂助が訊くと、

「まあ、見てみろや」

鋼次は先に立って中へと入り、尾形喜久治の部屋の障子を開け放った。

白い被りの手術着のようなものを着せられた尾形が両手を横に広げて壁に留められ、心の臓に短剣を突き通されて死んでいる。猪絵の描かれた寒竹の葉は尾形の額に貼られている。まるで西洋の画に出てくる昔の処刑を思わせた。

尾形の荷物は着ていた背広や靴、帽子までそっくり持ち去られていた。

「こいつだよ、こいつが小野法文なんだ」

金五はこれ以上はないと思われる驚愕の声を上げた。

これで調べの緒につくことができ、役人たちを悩ませていた密輸王の素性が知れた。密輸王は日本の美術品を安く買い叩いて、本国で高く売るだけではなかった。日本人の手下を従えて、宝石等の高額のものを密輸して日本へ持ち込み、闇のルートで目の玉が飛び出るほどの額で売っていたのである。

富士山太郎と妻浪江、小野法文は上海で学者を騙って同様の悪事を働いていた密輸王クリストファー・ホプキンズと知り合って仲間になった。タケノコ党の結成であった。竹好きで世界の竹に蘊蓄のある密輸王が命名した。この後、日本人の手下たちはこの悪事の儲けの大きさを知ってしまい、取り分を増やせと言うようになった。

密輸王は人殺しなど露ほども疚しいとは思っていない。迷うこともなかった。それを知っている浪江はかねてより男女の仲でもあった小野と結託、密輸王が好きな竹細工と関わって命名したタケノコ党の印には、典雅な寒竹の葉に描く猪絵こそふさわしいと説得、もちろんすでに浪江は密輸王とも情を交わしていた。

あえて尼姿で、浪江が楽念寺を訪れていたのは、佐野屋玄兵衛が偽りの名で善行を施しているのを知って、玄兵衛に近づき利用するためであった。奇(く)しくも思い通りに働く若者も見つけた。そして、タケノコ党の印である猪を描いた寒竹の葉を裏切り者たちに握らせることで仲間へのみせしめにした。どれもこれも密輸王への忠誠であったが、その密輸王に口封じに殺されたのはなんとも皮肉なことである。

一方の富士山は帰国してもこれといった仕事に恵まれず、浪江が小野と通じていると密輸王に知らされて激怒、市中を虱潰(しらみつぶ)しにあたった。そして、医者のところではないかと思いつき、医者を調べ続け、小野が尾形喜久治の名で〈いしゃ・は・くち〉に居るとわかって、密輸王に言われた通りに処刑したのであった。

タケノコ党の血の掟(おきて)が、党員間の淫行(いんこう)であったというから笑止である。もちろん、茶屋の主にもたらされたルビーは浪江が密輸王から得たものであった。経緯(いきさつ)を聞かされた主はこのルビーが急に怖くなり、近くの神社に寄進した。以来、夫婦仲は円満に戻り、茶屋も以前より流行るようになった。

浪江と富士山太郎、そして小野法文までをも密輸王は完璧に操って葬り去った。二人のごろつきを殺したのは浪江と小野、小野を殺したのは富士山に間違いなかったが、浪江と富士山を心中に見せかけて殺したのは密輸王自身であった。

ただし、そうだとわかっていても、日本ではクリストファー・ホプキンズに罪を問うことはできず、当の密輸王は海風と一緒にすでに帰国の途についてしまっていた。

「それは少々悔しいですね」

軽度の虫歯の治療に訪れた渋沢栄一は我が事のように眉を寄せた。

そして、烏頭と細辛の塗り薬をたっぷりと用いた後で、慶喜も使った椅子に腰かけて、足踏み式虫歯削り機で虫歯を削り取った後、詰め物の型をとったところで、

「これであなたの治療した歯は長生きします。ひょっとしたらあなたの胃の腑や腸の腑よりも――」

桂助は微笑んだ。

「慶喜様の時から感動しておりましたが、これは素晴らしい、夢のようです。でも、いつか、皆が歯を抜かずに治せる日も必ず来ます。この治療はアメリカから皆さんが、幾多の艱難辛苦を乗り越えて学んできたものですよね。それがきっと花開く日が来るとわたしは思うのです。ですから、わたしは始終、自分の地位の安泰や名誉ばかり気にしていて、ひと一人一人の暮らしに無頓着な役人や政治家にはなりたくないのです。むしばも歯草もいずれは歯無しになると決まっていたでしょう？　ところが今からは違う。こうした新しい歯学の技を目の当たりにさせていただいて、こういう奇跡のような喜びをもっともっと増やすのが、わたしの役目ではないかと思い当たりました。

国が富むのではなく、民が富むべきなのです」

この後、渋沢は、

「お気を悪くなさらないでほしいのですが――」

と前置きして、

「慶喜様をお連れした時からお話を伺っていて、重度の歯科治療に使う麻酔薬が足りていないのではないかと思いました。今後はこのわたしに都合をつけさせてくださいませんか。この通り、お願いです」

何と桂助に向けて頭を垂れた。

「ありがとうございます。お願いいたします」

桂助と志保、そして鋼次までもがいっせいに頭を下げた。

この後、何日かして、新聞社の記者が取材に〈いしゃ・は・くち〉を訪れた。はるばるアメリカから運んできた、専用の椅子や削り機と一緒に写真に納まった桂助は、

「これは西洋の魔物などではなく、皆さんのむしば等で病んだ歯に長寿をもたらす、奇跡の機械なのです。神の慈悲がもたらした恩恵とも言えます。歯の痛みを堪えておられる方、是非、この機械と〈いしゃ・は・くち〉にお任せください」

と語った。

そんなある日、

「わあ、もう冬だわ、大変」

志保が大慌てで薬草園兼畑に出て、雪塗(ゆきまみ)れになりながら雪に当たってはいけない薬草や野菜類に菰(こも)を被せていると、

「志保さん」

振り返ると美鈴が立っていた。

バラ色の頬がすっかり元気になった様子を物語っている。

「昨日、お佳を連れてうちの人のところへ帰ったのよ。ここの機械で治療をって人が増えて、うちの人も大忙しになっちゃったんですもん、うちのことぐらい、あたしがやんないと、ばち当たるでしょ」

美鈴は志保と同じ木綿の普段着姿であった。

「洋装は実家に帰った時だけにしたの。けむし長屋には不向きだもの。それにあたし、結構こういうのも気に入ってんのよね」

「美鈴さん、どっちもお似合いよ」

志保が微笑むと、

「無理しないで」

美鈴の方は笑みを消した。

「どういうこと？」

志保が真顔になると、

「これはもちろん、あたしの僻みなんだけど、志保さん、アメリカに居る時からずっとあたしのこと、憐れんでない？　たとえば志保さんは誰にでも分け隔てなく親切で謙虚で、その上、楚々とした美女でしょ。英語だって熱心に覚えて、ブラウン先生の奥様とエドガーなんとかという小説家の話だって、ちゃーんとできてたじゃない？　わたし、そこまでの頭ないから、志保さんにいろんなこと教えてもらって、時にはしてもらう一方のこともあって、当然、有難いって思うべきなんだけど、何だかそういう親切、時には煩わしくなっちゃって。船の中で介抱してもらった時もうれしくなかった。それで両親が横浜で待っててくれた時、わたしの中でぱーんと何かが大きく弾けちゃって、志保さんによくしてもらったこと、ぜーんぶ忘れて、娘だった頃みたいに甘えたくなっちゃったの。でも、両親があたしに内緒でいろいろ悩んでるってわかった時、つくづく自分が情けない奴だとわかったの。ごめんなさい、志保さん。所詮志保さんには勝てっこないのにね、あたしって馬鹿。でも、あたしだって――」

美鈴は胸元から組紐に通された、牡丹の絵柄の銀の平打ちを取り出した。

「うちの人と志保さんのこと、あれこれ想えば想うほどうちの人が遠くなるって気がついたの。うちの人ったら、快気祝いだって、夜も寝ないで、これ、仕上げてくれたのよね」

──そんなことない、わたしはわたしで華やかでお実家(さと)が裕福な美鈴さんのこと、時々、羨ましく思ってたのに──。でも、今、そんなこと言ったら、美鈴さんを混乱させるだけ──

志保は、

「お実家の菜園の方はいいの？　雪は冬場の野菜にとって大敵よ」

困惑気味に念を押した。

「それって、やっぱり志保さんみたいにあたふたしなけりゃ、駄目なの？」

「ええ、そうよ」

志保は美鈴と話しながらも、せっせと手と足を動かして菰を被せて行く、

「どうしよう？　うち、それ用の菰なんて買ってない。今日の雪、小雪じゃない？ちょっとくらい降りかかっても平気じゃないかしら？　志保さんが教えてくれて蒔(ま)いたり、植えたりした野菜、みんなとっても元気に育ってるし──」

すがるような美鈴の言葉だったが、

「駄目駄目、どんなに生き生きしてても、一年を通して青々してる常緑の草木以外は、あっと言う間に茶色くなって枯れてしまうのだから。みんな、お願い、どうにかしてって、温かくしてほしい、生き延びたいと思っているはず。いいことを思いついたわ」

薬草園のほとんどを菰で保温した志保は、道具小屋からまだ残っている菰を取り出し、

「美鈴さんも手伝って」

急な患者には必要だからと、買ったばかりの大八車に積み込んだ。

「ついでに土間で育ててたハーブ、タイムやローズマリーなんかも一緒に運ぶことにしたわ。使い方は後で。育て方はイチゴと一緒で家の中だけど、肥料は要らない。いいえ、決してやらないで。わかったわよね？」

そう告げたところで、

――わたしってやはり、美鈴さんには強く当たってきたのかもしれない――

ふと思って躊躇（ちゅうちょ）していると、

「まさか、あたし一人でこれ引けっていうの？」

美鈴に急（せ）かされて志保も前方の枠に入った。

二人並んで美鈴の実家のある室町へと引いて行く。

「こういうこと、アメリカじゃなかったけど、一緒に並んで包帯洗わされたわよね」

美鈴の言葉に、

「包帯巻きだっていつも一緒でしたよ」

志保は微笑んで頷いた。

途中、背も手も足も長いが恰好は悪くない若者がこちらへ手を振った。金五であった。変わらぬ邏卒の制服姿ではあったがいつになくぱりっとして見える。

「おいらさあ、実は今まで邏卒見習いだったたんだよぉ。今度のことでちょい、褒められて本物の邏卒にしてもらえたんだ。新品の邏卒の制服がこれだよぉ」

金五が上げた大声に、

「おめでとう」

志保は美鈴が驚くほどの大声を上げた。

了

あとがきに代えて

和田はつ子

口中医桂助事件帖を完結させた後、アメリカへ渡った桂助や志保、鋼次たちはどうなったのかという問いかけと共に、是非、続編を書いてほしいというご要望を読者の方々からいただきました。

桂助たちは幕末にアメリカへ渡ったわけですから、向こうは黒人奴隷の是非を問うた南北戦争が終結したばかりです。移民たちが建国しイギリスから独立した当時のアメリカには、貴賤の差よりも、人種の差とイコールの富裕の差が顕著であったはずです。

となると、黄色人種である桂助たちの立場もきっと微妙だったでしょう。果たして虫歯を抜かずにすむ技と機械に触れて習得、無事凱旋帰国できるのかと気にもかかりました。こうした想いが募って、桂助たちのその後を書くことにしました。

なお、作中でも書いていますが、麻酔術は抜歯の痛みを取り除こうとした、アメリカのある歯科医が開発したものです。そしてこの麻酔術は十年も経ないうちにほぼ全世界に伝わり、改良によって欧米の外科学は飛躍的な進歩を遂げます。外科の夜明けはアメリカの歯科の麻酔術がもたらした奇跡だと思います。まさに〝治療の痛みからの解放は近代歯科にあり〟なのです。

末筆ではございますが、本シリーズ全てに日本歯内療法学会元会長の市村賢二先生と池袋歯科大泉診療所院長・須田光昭先生、そして、江戸期の歯科監修を快くお引き受けいただいている、神奈川県歯科医師会〝歯の博物館〟館長の大野粛英先生をはじめ、多くの先生方にご協力、ご助言を賜りまして、心より感謝申し上げます。

参考文献

『ビジュアル・ワイド　明治時代館』（小学館）
『目で見る日本と西洋の歯に関する歴史』大野粛英・羽坂勇司著（わかば出版）
『江戸の花競べ』小笠原左衛門尉亮軒（青幻舎）
『江戸の花―世界が憧れた江戸の花』（誠文堂新光社）
『江戸の絵師―暮らしと稼ぎ』安村敏信（小学館）
『アンティーク・ジュエリー入門―優雅でロマンティックな宝飾品の粋』（婦人画報）
『アンティーク・ジュエリー世界の逸品―日本に集う名作を巡る　宝飾品に秘められた数々のロマンス』山口遼（婦人画報）
『万国お菓子物語』吉田菊次郎著（晶文社）
『カーリーおばさんのアメリカ家庭料理』カーリー西條（家の光協会）
『ホントはおいしいイギリス料理』エリオットゆかり（主婦の友社）
『シェーカークッキング』宇土巻子（柴田書店）
『英国王室のアフタヌーンティー』マーク・フラナガン&キャサリン・カスバートソン／忠平美幸訳（河出書房新社）
『育てる食べるフレッシュハーブ12か月』和田はつ子・発田孝夫（農文協）

『渋沢栄一──「日本近代資本主義の父」の生涯』今井博昭（幻冬舎新書）

和田はつ子

「口中医桂助事件帖」シリーズ（全十六巻）

将軍後継をめぐる陰謀の鍵を握る名歯科医が、仲間とともに大活躍！

南天うさぎ

シリーズ第1作

長崎仕込みの知識で、虫歯に悩む者たちを次々と救う口中医・藤屋桂助。その周辺では、さまざまな事件が。桂助の幼なじみで薬草の知識を持つ志保と、房楊枝職人の鋼次とともに、大奥まで巻き込んだ事件の真相を突き止めていく。

ISBN4-09-408056-2

手鞠花おゆう

シリーズ第2作

女手一つで呉服屋を切り盛りする、あでやかな美女おゆうが、火事の下手人として捕えられる。歯の治療に訪れていた彼女に好意を寄せていた桂助は、それを心配する鋼次や志保とともに、彼女の嫌疑を晴らすために動くのだが……。

ISBN4-09-408072-4

想いやなぎ

シリーズ第6作

鋼次の身に危険が迫り、志保や妹のお房も次々と狙われた。その背後には、桂助の出生の秘密を知り、自らの権力拡大のため、桂助に口中医を辞めさせようとする者の存在があった。一方、桂助は将軍家定の歯の治療を直々に行うことに。

ISBN978-4-09-408228-9

菜の花しぐれ

シリーズ第7作

紬屋太吉の父と養父長右衛門との間には、お絹をめぐる知られざる過去があった。その二人が行方不明になり、容疑者として長右衛門が捕われる。そこには桂助をめぐる岩田屋の卑劣な陰謀が。養父を守るために桂助に残された道は？

ISBN978-4-09-408382-8

末期葵

シリーズ第8作

岩田屋に仕組まれた罠により捕えられた養父長右衛門。側用人の岸田が襲われ、さらには叔母とその孫も連れ去られ、桂助は出生の証である〝花びら葵〟を差し出すことを決意する。岩田屋の野望は結実するのか？　長年の因縁に決着が。

ISBN978-4-09-408385-9

幽霊蕨

シリーズ第9作

岡っ引きの岩蔵が気にする御金蔵破りの黒幕。桂助を訪ねてきたおまちの婚約者の失踪。全焼した屋敷跡には、岩田屋勘助の幽霊が出るという。幽霊の正体は？ 事件の真相は？ 一橋慶喜とともに、桂助は権力の動きを突き止めていく。

ISBN978-4-09-408448-1

淀君の黒ゆり

シリーズ第10作

両手足には五寸釘が打ち込まれ、歯にはお歯黒が塗られて殺害されたのは、堀井家江戸留守居役の金井だった。毒殺された女性の亡骸と白いゆり、「絵本太閤記」に記された黒ゆり……。闇に葬られた藩の不祥事の真相に桂助が迫る！

ISBN978-4-09-408490-0

かたみ薔薇

シリーズ第11作

側用人の岸田正二郎の指示で、旗本田島宗則の娘の行方を桂助は追う。岡っ引き金五の恩人の喜八、手習塾の女師匠ゆりえが次々と殺害され、志保の父、佐竹道順にも魔の手が忍びよる。さらなる敵を予感させる、シリーズ新展開の一作。

ISBN978-4-09-408614-0

江戸菊美人

シリーズ第12作

志保が桂助の元を訪れなくなって半年、〈いしゃ・は・くち〉に新たな依頼が次々と舞い込む。廻船問屋・湊屋松右衛門の後添えを約束されていたお菊が死体で発見された。町娘の純粋な想いが招いた悲劇を桂助は追う。表題作他全四編。

ISBN978-4-09-408665-2

春告げ花

シリーズ第13作

〝呉服橋のお美〟で評判の娘は、実は美鈴と言った。美鈴は、鋼次とふたりで忙しくしていた桂助の治療所の手伝いに通うようになる。当初、名前を偽っていた美鈴に鋼次は厳しい目を向けていたが、桂助は美鈴の想いに気付くのだった。

ISBN978-4-09-408889-2

恋文の樹

シリーズ第14作

桂助が知遇を得た女医の田辺成緒のもとに脅迫状が届けられ、さらには飼い猫が殺害された。調べを進めると、華岡青洲流の麻酔薬「通仙散」に関わる陰謀が浮かび上がり、桂助が狙われていた。犯行及んだ者の驚くべき正体とは！

ISBN978-4-09-406271-7

毒花伝（どっか）

シリーズ第15作

投げ込み寺で見つかった多数の不審死体には、歯が無かった。虫歯によって歯無しになった人々が、生きる希望を失ってしまうことに心を痛めていた桂助。事件の真相に迫ると、歯無しの人々を騙した某藩の恐るべき計画が明らかに！

ISBN978-4-09-406511-4

さくら坂の未来（さき）へ

シリーズ最終巻

横浜の居留地で、欧米の最新治療を目の当たりにした桂助。医療用以外で阿片の乱用が懸念されるなか、阿片密輸の大本に迫っていた同心の友田が謎の死を遂げ、桂助はその解明を果たした。志保と再会した桂助は新たな世界に旅立つ。

ISBN978-4-09-406623-4

――本書のプロフィール――

本書は、小学館文庫のために書き下ろされた作品です。

小学館文庫

新・口中医桂助事件帖
志保のバラ

著者　和田はつ子

二〇二一年一月九日　初版第一刷発行

発行人　飯田昌宏
発行所　株式会社　小学館
〒一〇一-八〇〇一
東京都千代田区一ツ橋二-三-一
電話　編集〇三-三二三〇-五八一〇
販売〇三-五二八一-三五五五
印刷所――大日本印刷株式会社

この文庫の詳しい内容はインターネットで24時間ご覧になれます。
小学館公式ホームページ　https://www.shogakukan.co.jp

ISBN978-4-09-406869-6